公元787年，唐封疆大吏马总集诸子精华，编著成《意林》一书6卷，流传至今

意林：始于公元787年，距今1200余年

U0877443

小小姐 Mini Miss 出品

纯正+阳光+向上

为中国女生量身打造优质课外读物

我们是小淑女

优雅，聪慧，阳光，快乐，甜蜜，
勤奋，包容，恬静，浪漫，唯美，璀璨。
善解人意，才华横溢，从容淡定，
独立有主见，时常感恩，心怀美好。
爱学习，爱阅读，爱幻想，睿智有深度，独具品位。

意林励志·Mini Miss 荣誉出品
小 MM 品牌书系 · 淑女文学馆·公主天下系列 005
荡气回肠的古风浪漫小说，独属于公主们的传奇故事

淑女文学馆

公主天下系列005

MiniMiss出品

沉香子◎著

兰陵公主

玉京谣（壹）

吉林摄影出版社

·长春·

MiniMiss 出品

图书在版编目（CIP）数据

兰陵公主·玉京谣. 壹 / 沉香子著. -- 长春：吉林摄影出版社，2017.11
（公主天下系列）
ISBN 978-7-5498-3396-2
Ⅰ. ①兰… Ⅱ. ①沉… Ⅲ. ①长篇小说－中国－当代 Ⅳ. ①I247.5
中国版本图书馆CIP数据核字(2017)第279972号

兰陵公主·玉京谣（壹）

Lanling Gongzhu · Yujingyao（Yi）

著　　者　沉香子
出 版 人　孙洪军
总 策 划　阿　朱
责任编辑　施　岚　胡晓路
特约编辑　魏　娜
图书统筹　空心菜
绘　　图　满　月
书籍装帧　胡静梅
美术编辑　王　春
作家经纪部　卢晓凤
开　　本　700mm × 1000mm　1/16
字　　数　210千字
印　　张　13
版　　次　2017年11月第1版
印　　次　2018年8月第2次印刷

出　　版　吉林摄影出版社
发　　行　吉林摄影出版社
地　　址　长春市泰来街1825号
　　　　　邮编：130062
电　　话　总编办：0431-86012616
　　　　　发行科：0431-86012602
网　　址　www.jlsycbs.net
经　　销　全国各地新华书店
印　　刷　河北鹏润印刷有限公司

书　　号　ISBN 978-7-5498-3396-2　　**定价**：22.80元

为中国女生量身打造优质课外读物

文◎《意林·小小姐》书系总策划　阿 朱

2010年1月，意林集团专门为女孩量身定做的读物《意林·小小姐》诞生了。创办之初，《意林·小小姐》旗帜鲜明地打出口号——“女孩都是小淑女，小MM陪你优雅过花季”，“淑女”取意为“内心美好、品质优秀的女孩”，明确为中国8~18岁的优质女孩服务，以“帮助女孩在快乐阅读中提高文学修养和综合素质”为宗旨，坚持“纯正、阳光、向上”的风格导向，内容着眼于“青春、梦想、成长、励志”，以期打造全新的、真正适合女孩阅读的健康课外读物。

凭借这样的精准定位和独特理念，《意林·小小姐》上市后，很快赢得女孩们的喜爱，在校园中引起巨大反响，女孩们表示：“终于有女生的专门读物了！超级好看！”家长和老师也纷纷给出“孩子看后成长了很多”“孩子的作文水平明显提高了”之类的积极反馈。2011年6月，在读者的强烈要求下，《意林·小小姐》在坚持宗旨、质量不变的前提下，出版频率加快，由原来的每月一期增加为每月两期；同年10月，《意林·小小姐》月发行量突破50万册，潜在读者超过80万人，其作为优质女孩喜爱的健康课外读物的地位逐渐形成，而迅猛增长的销售业绩也引来业界极大关注，开始得到一些同行的跟风模仿，市面上类似风格的女孩读物相继出现（当然，最后能经得住市场检验的很少）。

2010年7月，《意林·小小姐》开始涉足图书出版领域，编辑部陆续推出《蔷薇少女馆（全套）》《迷藏（Ⅰ~Ⅳ）》《悠莉宠物店（全套）》《七寻记（Ⅰ~Ⅳ）》《钢琴小淑女（第一季~第六季）》《星愿大陆（①~⑨）》《现在是女生时代（①~⑤）》及“浪漫星语”十二星座小说系列等数十种图书，这些书在全国中小学校园中广为流传，无数小读者为之痴迷、陶醉，“《意林·小小姐》出品的图书本本畅销”这一观点也成为众多书店、经销商的共识。“《意林·小小姐》现象”逐渐成为一种社会现象，为各方所津津乐道。

2012年，创办满两周年的《意林·小小姐》步入加速发展轨道，编辑部创造性地提出“女生文学”概念，并将之上升到与儿童文学、青春文学并列的重要文学形态，《意林·小小姐》专注于为成长中的女孩服务的想法也更加清晰，编辑部计划在未来几年内，以每年出版几十种新书的速度，采用短篇文集、长篇小说、原创漫画、故事绘本等多种类型齐头并进的形式，为女孩们提供一批有规模、有质量、有品位的精品读物，打造中国女生喜爱的文学品牌。

在2012年7月之后出版（或修订）的所有《意林·小小姐》“淑女文学馆”系列新书中，我们都会特别放置这篇名为《为中国女生量身打造优质课外读物》的文章，来阐述我们对于建设中国女生文学以及推动女生健康阅读的崭新理念与思考。

★女生一定要选择适合自己的女生文学读物

首先，什么是女生文学？

《意林·小小姐》所定义的女生文学是指专门为女孩（特指8~18岁女孩）创作并适合女孩阅读的、符合女孩心理特点和审美要求、有利于女孩身心健康发展的各种文学作品。简单来说，就是所有适合女孩阅读的健康课外读物。

目前，国内未成年人的文学阅读笼统地分为儿童文学、青春文学等大类，市场上很难找到专门针对女孩创作的有规模、系统化的读物。事实上，女孩和男孩的大脑结构不同，思维方式、理解能力、审美要求不同，在阅读上也要区分性别，选择不同的读物。

《意林·小小姐》系列读物立足于女孩性别特点，专门为女孩量身打造，是专属于女孩们自己的读物，合乎年纪，合乎趣味，外观时尚、唯美、优雅，内容纯正、阳光、向上，是真正适合女孩阅读的健康课外读物，带给女孩全新的阅读体验。

★女生通过阅读女生文学读物提升写作能力，获取成长养分

8~18岁正是快速吸收养分、奠定阅读基础的黄金年龄，对于女孩一生的成长至关重要。《意林·小小姐》提倡女生文学要打破市场常规，“从低幼儿童文学及少女言情中解放出来”，以深浅适度、风格纯正、健康向上、可读性与文学性兼具的内容，帮助女孩在快乐阅读中提高阅读理解能力、作文写作能力，汲取成长经验、成长智慧，全面提升素质。

在故事类型上，《意林·小小姐》系列读物既有贴近女孩生活和心灵的校园故事、成长故事、亲情友情故事等，又有极富想象力的冒险故事、幻想故事等，每篇文章的选取都将标准锁定为“题材新颖、内容阳光、主题积极向上、文风优雅纯正”，并坚持拒绝浅薄幼稚、庸俗无聊、花哨言情等无内涵的文章。女孩们在健康文学的长期熏陶下，语感增强了，素材丰富了，思维开阔了，自然能做到心中有故事、下笔有话说，不再为作文犯愁；同时，这些文章里蕴含的温暖励志内核，诸如阳光、善良、真诚、包容、坚强、勇敢、善解人意、独立有主见等精神，都能激发女孩正面心态的能量，帮助她们成长为内心强大的女孩，为将来的人生打底。

★女生文学读物要品质化、品牌化、系统化

《意林·小小姐》创办的时间不长，但读者的忠诚度、信赖度和美誉度在国内首屈一指，已经形成明显的品牌优势，它集“好看”“清新”“唯美”“阳光”“优雅”“品位”等各种美好感觉于一身，始终以女孩的阅读感受为根本，全心全意为女孩服务，专心致志打造一流读物、精品读物。

读者的认可和喜爱，得益于《意林·小小姐》对文稿质量近乎苛刻的严格把关。为《意林·小小姐》供稿的作者，既有实力派中青年儿童文学作家，又有青春新锐派文学作者，编辑部每月收到近千封来稿，经过反复筛选、修改，优中选优，最终确定30篇左右刊出；对于长篇图书出版，编辑部始终坚持“用心、专业、永续经营”的理念，不追求过度商业化、批量化生产，每一本书稿都精雕细琢、反复打磨，已出版的每一本图书几乎都成为业内畅销书经典，而《意林·小小姐》所倡导的女生文学概念及标准也成为业内标杆，引来众多同行追随。

除此之外，编辑部与一大批有潜力的青年作者建立了长期的独家合作关系，这些作者通过《意林·小小姐》、网络、电话、读者见面会等各种渠道，常年坚持在第一线与读者互动，倾听读者心声，保持创作活力源源不断。目前《意林·小小姐》独家签约作者的队伍仍在不断壮大，我们希望用几年甚至十几年的时间，形成有较大社会影响力的专业化女生文学创作基地。

为避免女孩因为阅读口味单一而造成阅读面、知识面过于狭窄，《意林·小小姐》除了做好文学类图书外，也努力开发适合女孩阅读的其他类别读物，比如励志、科普、时尚、生活类选题，同时力求经营品种以及传播途径上的多样化，依托原创精品内容，开发数字化传播、动漫、影视、游戏、周边产品、女生网络社区等，做好精品故事的深度经营，构筑全产业链发展模式。在销售渠道上，除传统的零售、邮局、校网等，我们逐渐在各地设立女生文学专柜和品牌专卖店，力争让读者随手可取，购买方便。

★为女孩营造愉快的阅读体验

《意林·小小姐》系列读物无论在内容还是包装上都具有较高的辨识度，为了方便读者寻找，我们对2012年7月之后出版（或修订）的新书做了统一规划：

○认准独家标志

《意林·小小姐》出品的所有图书，在腰封和封底上都有“意林”“Mini Miss出品·女生文学”的独家标志（图1）；在书脊上，除了“意林”以及“Mini Miss”字体logo外，每本书还特别放置了“封面女孩”形象（图2），便于读者辨认和收藏；在前、后勒口上，每本书都有“纯正、阳光、向上，为中国女生量身打造优质课外读物”（图3）。

图1

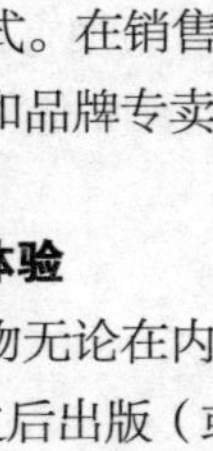

图2

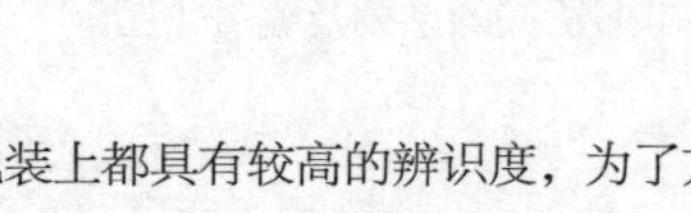

图3

○识别编号

《意林·小小姐》出品的所有图书都将逐渐归于“淑女文学馆”“淑女漫绘馆”“淑女励志馆”“淑女风尚馆”“淑女生活馆”等特色馆（新馆不断添加中），每本书都有属于自己的编号，比如：

淑女文学馆
冒险励志系列004
小小姐
Mini Miss出品

代表这本书所属类别是淑女文学类，编号为冒险励志系列004，即此系列的第四本书，在这本书之前，自然已经出版了001、002、003，后面也会有005、006、007……陆续上市；图书封底的总编号则代表了这本书在《意林·小小姐》所有出品图书中的总排序。

○女孩特色包装

每本图书都会配备一张淡雅的紫色或粉色前衬页，上面印有“意林”及“Mini Miss”字体logo；在小说类单色印刷的图书中，会加有4页铜版纸彩色插图页，第一页的“淑女宣言”（图4）代表了《意林·小小姐》所提倡的优质女孩精神，第四页则标明了本书所属的系列及编号（图5）。

图4

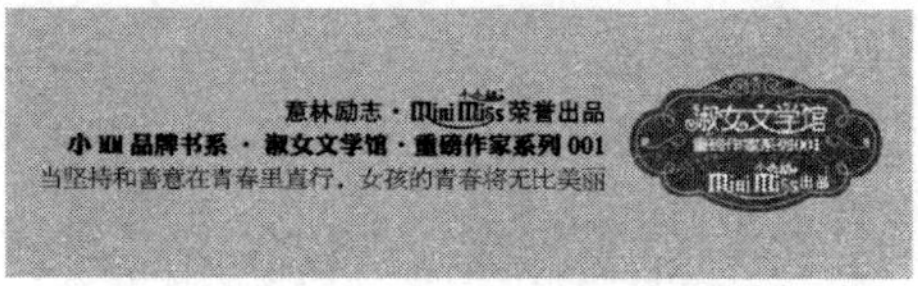

图5

我们目前所使用的字体、字号以及行距，是在经过大量调查研究和多次测试后确定的，适合成长中的女孩阅读，每一页的内容既充实，又不至于给读者造成阅读疲劳。

所有的一切都是为了给成长中的女孩提供价值导向健康、养分丰富、品质优良的课外读物，营造愉快的阅读体验，我们希望以传媒人“有爱有担当”的社会责任感和“一生只做一件事”的专注精神，不遗余力地建设女生文学，推动女生阅读向前发展，全力打造中国女生喜爱的文学品牌！

目录

contents

楔　子

夜幕笼罩长安，漫天星斗闪烁，与皇宫最亮的一处高塔交相辉映，那是碧瓦丹墀拱卫的一座七级巍峨浮屠塔。早已宵禁的皇城唯有此处宫灯煌煌，经书宝阁中央的蒲团上趺坐着一名光头和尚，面目年轻，但从他一袭熠熠生辉的锦裲袈裟可以看出其地位尊崇。

天际一枚惑星蓦然亮起，偏离轨道，直闯帝星宫，帝星霎时黯淡无光。惑星光晕散出一只展翼火凤形状，凤首直指东南方。那光晕照亮半边天，呈火凤燎原之势，席卷帝星宫。

和尚眼皮一跳，手持念珠断裂。

翌日，宫中谣言纷起，国师惠远和尚穿着一袭法衣，踏着不紧不慢的僧步，走上丹墀，向龙椅上的周帝宇文邕合掌行礼，清远的嗓音缓缓响起：“陛下，昨夜惑星犯帝座，主火凤命格。”

周帝戴着垂珠冠冕，摆动的珠帘遮盖了面目表情，龙颜被挡下一片荫翳，出语时如闷雷滚地：“火凤？”

龙颜震怒，近臣纷纷跪地。

一身紫袍通体贵气的权臣宇文护出列道：“陛下息怒，既然国师已查明方位，便可筛查此人，提早将其扼杀，勿使其形成火凤之势，我朝危局可解。”

国师惠远却摇头：“天降火凤，若贸然扼杀，恐有灾祸横生。”

周帝将阴沉的视线投向他：“依国师所言，当如何处置？”

惠远和尚转动念珠，闭目思索片刻，才道：“既是凤鸟，当折其双翼，置于龙脉下，使其不得于飞。”

帝允。

掖庭宫内，廊檐下躺着一个粉嘟嘟的女童，小小襦裙面料上乘，含在嘴中的手指带着水渍，覆盖眼眸的长睫毛忽然一颤，女童惊醒，睁大水润的眸子，四下环顾，惶恐不安，软糯稚嫩的嗓音带着哭腔：“娘？爹爹？”

女童爬起身，“嗒嗒”跑下廊檐，沿着小径寻找：“姜儿听话，爹爹不要丢下姜儿，呜……”

小小的身影被三丈宫墙阻隔，哭声逐渐远去。廊檐下露出一片缎衣袍角，阴影里男子的面容犹带哀伤，眷恋的视线一直追随到再也看不见的地方。

“姜儿，活下去，去改变你的命运！”

第一章

掖庭少女

一

周都长安，皇城飞甍，春雨过后，花信之风吹拂画栋朱帘，渐浓的春意将整座都城铺满，就连宫城被人遗忘的偏僻角落——掖庭宫，也在花木扶疏的慷慨里占得一分春色。

随季节时令更换，掖庭宫人被统一配发了春衣，但因充到掖庭的宫女皆是戴罪之身，分配下来的春衣便都是灰扑扑的颜色，与死气沉沉的掖庭宫氛围融为一体。

罪奴们脸上并无喜色，她们多是犯官家的女眷，从锦衣玉食沦落到素衣简食，一套春衣弥合不了她们心间的裂痕。

却有一个人例外，只见膳堂里一名绾着双螺髻的十三岁少女，正小心翼翼地挽起袖口，露出一截雪白细腻的手腕。不太合身的春衣套在身上，竟被她十分珍惜，生怕袖子沾染油污，双手捧着一个素面馒头吃得飞快，两颊都被撑得圆鼓鼓的。

“小妩姜，听说你要被调去织染局当差？”同在一条食案用膳的安陌小口喝着粥，因常年劳作却节食，苍白的脸颊显出几分病态的娇弱。

原本她同妩姜都在浣衣局干活，每日清洗数不尽的宫廷衣物，当差当得无望，妩姜却被点名要去织染局。谁都知道织染局比浣衣局差事好做，安陌不免有点儿嫉妒。

“说是织染局人手不够，调我去帮一帮，这批布料染完指不定就回浣衣局了。”妩姜咽下嘴里的馒头，又拿起一个玉米面窝头，粉嫩柔润的面颊被撑得变了形。一双乌亮亮的眼睛十分漂亮，她见对面的安陌为了保持苗条身形，故意吃得极少，就分外不能理解。

两个人的对话被旁边用膳的罪奴们听见，不免被有心人腹诽：调去织染局是高升，宫妃皇子们看重服色，会派身边得宠的宫人来传话，这一来二去混个脸熟不说，颜色染好了，还能得各宫主位娘娘的赏识，发下赏银或是提拔到跟前，可不就发达了吗？哪还有回浣衣局这种腌臜地方的道理？

掖庭宫膳堂里用膳是分区域、极有秩序的，这方区域都是浣衣局的罪奴，整日埋头在堆成山的脏乱衣物中，有洁癖的人都能被调理得麻木，日子过得极为无望，怨念重，语气自然就刻薄。别的局都不爱跟浣衣局的人打交道。

妩姜在浣衣局时并无一丝抱怨，或许因为她自幼被爹娘遗弃，记事以来便在掖庭，不知爹娘是谁，更不知因何获罪，便乐天安命。起初年龄小，没有正经差事，任何人都能支使她，她不得不每日迈着小短腿跑上跑下。如今十三岁了，掖庭令分派了她正经差事，哪怕是宫人们最瞧不起的浣衣局，她都欣然前往。浣衣自然也卖力，她从不偷懒，还琢磨出同时精洗更多衣物的妙方，深得浣衣局管事赏识。

因为干活卖力，妩姜便被织染局的管事看中，硬是从浣衣局把人给借走。

面对冷嘲热讽，妩姜也不生气，喝下最后一碗粥，舔舔嘴角，意犹未尽："咱们在宫里当差，不都是奴婢嘛，再得宠也还是戴罪之身，何须计较那么多。倘若哪日妩姜真发达了，就把姐姐们都放出掖庭宫，嘻嘻！"

她素来会活跃气氛，哪怕是被欺负。一席话荒诞不羁，却在玩笑里给了众人几分希冀，罪奴们对自由的向往，从来只在梦里，因为知今生不可为。死气沉沉的氛围被妩姜搅弄出几分生机，罪奴们自己都不知道自己脸上有了若隐若现的亮色。

妩姜滑下板凳，衣角飞舞地跑出膳堂："我当差去了，第一天迟到可要挨骂了。"

一路小跑到织染局，幸好没有迟到。掌司见了妩姜，由着她恭恭敬敬地施了一礼，报了自己名字，才神色淡漠地略一颔首，并没有意外的神情，显然是管事早交代过她的。

"跟我来。"这掌司竟然再也没有别的话，只在前头带着路。

妩姜平日偶尔也能见着其他局里的各阶层的管事和女官，知道这掌司是姓刘的，只是不知她如此寡言冷淡，不由得心里忐忑了一下，估摸着她并不好相与，于是收敛了平日活泛的神态，恭谨地跟在后头。

织染局的屋宇鳞次栉比，庭院尤其宽敞，晾晒的布匹在架子上由煦风吹得袅袅轻拂，似笼了层层叠叠色泽鲜艳的烟雾，间或有宫人在翻晾成品布匹。

穿过了几进这样的庭院，再往后头去，便见几个大半人高的黄陶染缸依次列开，每缸相隔距离都有一人多，有宫人踩在漆都脱落了的杌子上，小心翼翼地拿长棍搅着染料。

妩姜瞧着年纪最小的怕比自己还小上一两岁，踩在杌子上还需踮着脚，生怕自己会掉进染缸去。

“管樾，这是妩姜，交给你了。”直至将妩姜分配出去，刘掌司还是没多说一句。

管樾是这院里的监工，明显见得早前也得过吩咐的，对妩姜的到来并不意外，跟刘掌司恭敬地说了几句话，却没得到一句回应，便见她折身离去了。

面对着妩姜，管樾方才恭顺的笑容便消失了，锐利的眼神中透着几分审视，上下扫了一圈，对于妩姜的言辞礼节似乎尚算满意，便道：“看着是个伶俐的丫头。我是这里的监工，你可以称我管姑姑，那一口染缸里头是墨绿染料，今后便由你来负责。”跟着指给妩姜看，又教了她一些染料的常识，搅拌和混色的规矩。

妩姜一一应了，默记在心中。显然这些一时半会儿也别指望就能上手，往往瞧着简单的活儿要做好也不容易，她只能努力先记忆。

“好了，若有不会的，灵枢你多提点着她一些。”管樾显然也不耐烦跟她这种小宫人多加言说，自去别处监管宫人们了。

叫灵枢的姑娘放下了手中的活儿走过来，妩姜想既是指派了教她的，自然是要嘴勤多问，看着对方比自己年长些的模样，便唤了声姐姐，问她该如何添加染料，水的配比如何。灵枢轻声细语地跟她说着，又把着她的手去搅拌。这活儿看似简单，长时间地这么搅下来，手腕先会吃不消，如何把握、如何运力都有窍门。

妩姜很快便适应了这里的生活，凭着自己勤快嘴甜，倒是博了不少宫人好感。

只是有个人除外，比如现在——

“喂，我说，挪开些。”略带不耐的声音响起。

妩姜抬头，看见一张倨傲的少女面孔，明媚妍丽，眉眼间带着一股子与生俱来的尊贵之气，与那身宫人的粗布衣衫格格不入。

妩姜认得她是北齐亡国公主高芷，因生于皇室，哪怕落得如今困顿的窘境，也不曾少了半分凌人之气。

妩姜心里头不明白一个亡国公主到如今还有什么谱可摆，但她向来不与人交恶，闻言便顺从地挪了挪，高芷在她身边席地跪坐下来。

高芷似乎对她的顺从颇为满意，居然给了她一个还算善意的微笑。

管樾坐于案前，讲解织染技术。这些课每月总有一次，围桌而听的多是新进宫人，这次讲的是织染技术，对于妩姜来说格外新鲜。

织染局次一等的宫人调配染料，活计做得好且又刻苦的会从中抽调出来进行织染，因此认真听监工讲课也是她们的职责之一。

“绞缬与夹缬是不同的印染之术，绞缬要先将设计好的图案用线钉缝，抽紧后再……”管樾在上头讲，高芷却没耐心去细听，她并不想在织染局屈居一世，她总觉得以自己出众的美貌和智慧，总有上位的一日，无须学这些粗陋活计。

妩姜便听得高芷压着低低的声音对灵枢道：“回头你帮我将那批生丝脱了胶，记得在七日之内便要完成。”

妩姜瞪大眼朝她看去，见灵枢脸色微变了一下，终究还是轻咬下唇，默默低下头去。

高芷较她们来得早，且在北齐皇宫长大，颇谙熟后宫之中各阶层争斗的精髓，素日在管樾面前表现极好，深得信任，因此早早便被调去处理丝帛了，那活计比搅拌染料要轻松，也不会常常把自己弄得一身脏。

但就算是这些轻松些的活计也少不了脏和累，高芷每每完成不了任务时便会设法推给别人，灵枢沉默敦厚，被她欺负不在少数。

妩姜转了下眼珠，看向管樾。灵枢却立即明白了她的意思，暗地里扯了一下她的衣袖，用眼神阻止了她。

妩姜叹了口气。

二

妩姜在灵枢指点下用草木灰水给生丝脱着胶，这些事本还没轮到她去学，但看着成堆的生丝和绸坯，也知灵枢要独自完成这些任务只怕要熬几个通宵，次日还得继续完成自己的活计，绝对会体力不支。

绸坯要用楝木灰与煅蜃蛤灰调浆脱胶，这些玩意不仅脏，对皮肤还有极强的腐蚀性，长年累月地接触，怎么可能像高芷那样保持纤纤柔荑的白嫩？何况这道工序要经过七天夜浸七天日晒才能完成，很是烦琐劳累。

“她总这样欺负你吗？”

灵枢没有答话，仍低头专注着手中的活，只是淡淡地笑了一下：“你学得可真快。”

妩姜仍有些愤愤不平：“你为什么阻止我告诉管姑姑呀？”

灵枢轻声道：“在掖庭这个地方，你要学会忍。有时候，忍比强出头要平安得多。”

“你为什么这么怕她？大家都是织染局的，为什么还要互相为难？”

“管姑姑很信任她……”

话没说完，便看见高芷走近，身后还跟着两个素日与她关系近的宫人，眼神不善。

“哟，这不是小妩姜吗？都会给生丝脱胶啦？”高芷慢慢踱着细碎的步子，绕着妩姜转了一圈。

因之前灵枢的提点，妩姜便默默忍了下去，由着高芷和另两名宫人冷嘲热讽了几句。

“好了，你爱干就干吧，既要装好人，便要做个彻底。对了，这小丫头从未干过这活计，你让她帮你，倘有个差池，我唯你是问。”高芷后一句却是对灵枢说的，话语中带着一丝狠意。

“我们这可都是帮你做的，你还要诸般挑剔？”妩姜终究年少，忍不住多了句嘴。

灵枢立时知道不妙，眼看着高芷的面色便变了，连连冷笑，一拂袖，那两名宫人跟着她往外头走去。

“高芷姐姐……”灵枢匆匆放下手里的生丝跟出去，眼睁睁看着那三个人每人提了根搅拌棍，用力砸着妩姜负责的那口染缸。

妩姜虽未跟出去，但听见了外头院中清脆的碎裂声和哗哗的流水声，也意识到不对，跳起来就往外头冲去。

高芷等三女早跳开了，三根搅拌棍凌乱地躺在院中，然而最刺目的却是一院子缓缓流淌的墨绿染料和染缸碎片。

妩姜呆呆地站在那里，身子不由自主地颤抖着，小手紧紧攥成拳，仿佛不能接受这样的现实，乌亮的眼中水光闪烁，将坠未坠，却被她紧咬下唇的疼痛感逼了回去。

“妩姜……”灵枢也没想到是这样的场面，一时没了主张，无措地看着她。

染缸碎了，染料全都没有了，而且这缸是墨绿染料，尤为难得。因染料中蓝紫红黑黄诸般颜色都有直接提炼的天然植物染料，唯独这绿色无法从任何植物中直接提取，因此这缸墨绿染料来得格外不易，结果如今连缸都被打碎了，妩姜次日自然是免不了受罚。

“怎么办？”灵枢下意识地问了一句。

妩姜吸了吸鼻子，用力压下了心中的伤心、愤怒诸般情绪，垂头去收拾院子。总不能让这满院子流淌的染料就这样摆到明天天明，那样受的责罚会更重。

“妩姜……”灵枢开了口又不知道说什么，她知道那墨绿染料的原料已经没有什么存货了，而那匹布是过几天就要染出来赶制太后娘娘的寿服的。如果是别的颜色的染料，哪怕受一顿责罚再染，总还来得及，可这墨绿染料没了，再去收集那难得的原料恐怕不易，耽搁下来，这顿责罚究竟多重，她都不敢想象，就算是管樾求情都没用。

“糟了，天都黑了，我还得去诏狱送晚饭。”妩姜转身急匆匆地就走，生怕眼中那汪水汽狼狈地滚落下来让人看见。

“要不……我明天向管姑姑说是我砸碎的……”灵枢太了解高芷了，她们那伙人狼狈为奸，显然是准备好了说辞要诬陷妧姜，这事不可能圆满地解释过去的，何况管樾平日里更相信高芷。

但妧姜走得远了，并没有听见。灵枢站在原地叹了口气，默默收拾着残局，左思右想，决定要抢在妧姜前头将这罪责都担下来。

妧姜拎着提篮，匆匆往诏狱走着，心事重重地想着方才发生的事。一时连往日去诏狱时的提心吊胆都忘记了。

诏狱，一个掖庭中人人闻之色变的地方，也是所有宫人视为禁地之处。

向来犯下重罪的才会被送去那个地方，而被送去的，多半活不了多久。诏狱所有的传说都与死亡、可怕、暴戾的刑罚相关，而最可怕的莫过于被关押在其中的一名死囚。

寻常死囚在诏狱根本活不过几个月，就会因经不起重刑而无声无息地死去，唯独这个死囚活了好多年，这人究竟是什么人、长什么样、犯了什么样的重罪，从来无人知晓，传闻他面目恐怖，还有邪术在身，凡接近他的人，死状惨烈。

凡此种种传说在宫人中到处散播，到最后连敢给他送饭的人也没有。但这名死囚却偏偏有着异乎寻常的待遇，上面吩咐过绝不能饿死他，所以每顿饭必不可少，而且饭菜并不像一般死囚吃的又霉又馊。

三年前负责去诏狱送饭的宫人被调出掖庭，于是这档子无人敢接的差事便落到了年龄最小的妧姜头上，毕竟她少不更事，只有她才会懵懂无知地接下这无人敢做的活儿。

虽说妧姜不太懂事，当她去了诏狱一回之后，也便领教了那种种传说的由来，以及诏狱令人闻之色变的原因。

妧姜忘不了第一次去诏狱送饭时，由于离囚室铁栅栏太近，不防被那位死囚在后面挟持了，一柄凶器扼住了她的咽喉，同时传来他幽冷恐怖的嗓音：“快喊救命，将上面的狱吏叫下来！”惊恐中的妧姜很快反应过来，狱吏腰间佩着囚室的钥匙，挟持她的人想要利用她越狱！妩姜牙齿打战，死活不开口。僵持一阵后，那人却饶有兴致地放了她，她才看清，抵着她的并不是什么凶器，而是一根筷子。

这人极其怪异，妩姜拒绝帮他越狱，他却好似心情愉快，偶尔会问她一些掖庭里的事，虽然多数时候他都如暗夜里的雕塑一般，让人捉摸不透。

三

诏狱位于掖庭深处一道窄巷的巷尾，打从进了这巷子便渺无人迹。进到巷底，由于常年照射不到阳光，地面墙脚各处都长满苔藓，一到夏日蚊虫肆虐，得一边拍打一边走路。

诏狱在地面上的建筑不过是一排看似寻常的青砖黑瓦屋，但这些屋子是供诏狱的狱吏行事栖身之所，真正的死囚，都是关在地下的。

常年在诏狱监管值守的狱吏似乎也都沾染上了诏狱这份森森鬼气，看见妩姜进来，只不过抬了一下眼皮，阴冷的眼神在她身上扫了一圈，扫得她全身寒毛直竖。

狱吏打开了地下刑室入口的铁门，粗大的铁链“哗啦啦”地响着，向下的台阶阴暗逼仄，飘着潮湿和各种不明的难闻气息，两侧墙壁上隔一段路便亮着一盏幽幽的长明灯。

一级一级下到地底，诏狱有大半是沉没在水中的，越往下去越阴暗潮湿，下到底的时候，脚已经没入水中，妩姜每次送饭回去鞋都是湿的，还得小心翼翼地不让污水溅上裙裾。可想而知，长年累月被关在这样的臭水中，面对四壁阴冷黑暗的狱墙，满地乱窜的老鼠蟑螂，就算是正常人也要被逼疯了，更别提还要面对隔三岔五的刑讯。

妩姜深一脚浅一脚地走过一间一间的囚室，她知道每间囚室都有好多恐怖传说，都死过不止一个人，说不准囚室哪个阴暗的角落还散落着某个无名死囚的白骨。

一直走到诏狱最深处，这间囚室和别的囚室不太一样，其余囚室都是用密密的铁栅栏和粗铁链关着囚犯，唯独这间，严严实实的铁门宣告着它后面的囚犯身份有多与众不同。唯一与外界相通的是铁门上方一个尺许见方的活动小门，只能从外面打开铁闩。

妩姜打开门，提起食盒想要递进去，对面突兀地伸出一只手，一把抢过了提篮。这种事对于妩姜来说并不稀奇，对方第一次这样做的时候，她还没来得及惊叫，就已经被活动小门后紧跟着出现的那张脸上斑驳的血渍骇得遍体生寒，连发出一声惊呼的勇气都没有了，只能一直盯着他发呆。

现在那张脸又一如往日地出现在她面前，不过历时三年，她早已习惯，虽然还是有几分寒意，却已没了当初的恐惧。何况他现在那张恐怖的脸已完全被胡须乱发遮盖，全然辨不清五官，也已经没有了当年的惊悚。

“怎么，一脸愁容，有什么心事？”对方突然发问，倒令妩姜愣了一愣。

记忆中，这个死囚极少和她对话，因为长年累月不与人交流，他连吐字发音都有些生硬，只是依稀从声调分辨出还是个年轻的嗓音。

妩姜沮丧地垂下头去，心想你一个死囚连自己的生命和自由都保不住，能跟你说什么呢?

“哼！”一道略带嘲讽的清冷笑声回荡在诏狱的上空。

妩姜默默地低头不语。

死囚随意扫她一眼，突然顿住了脚步，又开口：“你过来点儿。”

“嗯？”妩姜不解地回头。

墙壁上微弱昏暗的灯火，照得妩姜裙摆上色彩斑斓，正是先前打扫染料时溅上的墨绿色，还有之前帮灵枢脱丝时沾上的草木灰，真是一团糟。

“你不是在浣衣局吗，怎么搞得这一身花花绿绿？身上都是墨绿染料吧？”

“嗯。”妩姜轻轻应了一声。

“哼……是去了织染局吧？这墨绿染料可是很稀罕的，听闻你们那个太后最爱各种绿色，可惜她最爱的绿色染料无法调制，只能以接近的颜色来代替。你这溅了一身的，可是她喜欢的颜色。”

“你怎么知道这么多？”妩姜有些震惊。

他却没有回答，脸上依然闪动着讥诮之色：“我还知道，你闯祸了！”

妩姜顺着他的目光低头看看自己的裙裾，咬着下唇，终于将今天发生的事说了出来。

他只是静静听着，并没有插话。

妩姜也没指望他能给自己什么回应，一个像他那样可怕的囚犯，虽然没有见过他真如传说中一样剥皮敲骨，但指望他来安慰自己也是妄想。她只是满腔委屈无处倾诉，忍不住倒了点儿苦水而已。

“算了，我跟你说这干什么呢？你快吃吧，吃完把提篮给我。”

“你就没想过要解决这事？”

“解决？”缸碎了，染料流尽，责罚已经无可避免，就算交代出高芷，以做证的人数而论，管樾也势必信高芷，而不信她和灵枢。

“那你就这么着，回去等着明天乖乖受罚？”

“不然呢？”妩姜有点儿莫名其妙。

“这件事我可以帮你解决，不过……你得答应我一个条件。”

初听前一句，妩姜猝然一阵惊喜，但紧跟着听到后一句，她的心陡然一沉。且不论这死囚的话是否可信，单是他要自己答应一个条件这要求，就绝不是什么好事。莫非……他竟然是要自己帮他越狱？

这绝对不行，既是关押到诏狱的，必定是罪大恶极之辈，怎么能为了避免受一顿责罚便帮助这种人越狱？

想到这里，妩姜猛一抬头：“你别指望我帮你越狱，我宁可受罚。”

对方发出一声嗤笑，虽然看不到他的表情，但他那双眼在昏昧不明的光线下格外明亮，璀璨的光芒中闪动着一丝不屑，但又隐约有几分玩味。

“你认为——我需要你帮我越狱？”

“难道不是吗？”妩姜本能地反问，一个死囚，最需要的是什么？自然是生命和自由，难道还会是一只鸡腿？

“你有那个能力吗？”

妩姜张了张嘴，居然无言以对。

“好了，言归正传，你一口拒绝我，居然不怕受罚？”

“我怕啊，可是怕也不能帮你干坏事。”

死囚看着她认真的神情，慢慢收敛了笑容，有几分欣赏地点了一下头：“好，我没看错你这小丫头，敢给我送三年的饭，还敢拒绝我的交换条件，值得我帮你。”

“啊？”

“知道我是谁吗？”

妩姜下意识地摇摇头。

他似乎在意料之中，笑了一下：“那么，你以后可以叫我摩煊。”看她对这个名字没什么反应，他并不意外，继续道，“我的要求很简单，以后，你只要每日送饭时跟着我练字，并背诵一篇文章便可。”

“就这么简单？”妩姜有点儿不敢相信。

“当然，我这个先生比较严格，你背不出来可是要打手心的。”

打手心什么的，相较于识文断字的诱惑来说，于妩姜而言实在算不得什么。掖庭的宫人都没有谈论学识的资格，连技术都是靠口口相传，识字的宫人少之又少，高芷得管樾欢心的一个原因就是她曾身为公主，颇有几分学识，常帮管樾写一些家书。

而现在居然有这么好的事，这人不仅帮她解决染料的事，还要教她识字，她自然心中雀跃，连脸上都流露出掩饰不住的笑意。

“你入织染局还不久吧？”

“嗯，才几天而已。”

“那靛青和黄檗这两种染料你知道吗？”

“我知道一些，黄檗染出来的是黄色，靛青染出来的是深蓝色。”黄檗的枝叶和树皮都可以染黄色，并不少见，但它染出的黄色不够鲜亮，不常用。靛青则要将蓝草水浸之后再加入定量石灰水生出靛青块存放备用，虽然工序稍复杂了些，织染局倒是备得很多。

“先以黄檗煎水染色，再以靛青或小叶苋蓝煎水套染，染出来的绿色格外鲜亮，比墨绿更好看，而且这种绿色前所未有，想必更能得太后欢心。”

“这……是真的吗？”妩姜将信将疑。

“你也可以不信我，反正我也少不了什么。”说话间，摩煊已经将他的晚餐吃完，将提篮递给妩姜，举袖擦了下嘴，看起来神情有些懒散，不打算再和她说什么。

“哎，等等，那个……你是因为什么被关进诏狱的？”

不出意料，她并没有得到想要的答案，只听到活动小门“砰”的一声撞击。

妩姜无奈地摇了摇头。但是离去的时候，她的心情已截然不同，连平日小心翼翼的脚步都轻快起来。

四

不出所料，翌日清晨，当管樾得知墨绿染缸被砸碎、染料全都流光的事，脸色阴沉得仿佛暴风骤雨随时都要席卷而至，吞噬这群低眉垂首、大气都不敢喘的宫人。

"说，到底是谁干的？"管樾看着院子地面上已渗入土地、无法完全清除的墨绿色，气得整个人都哆嗦起来。这样的罪责，别说一个小小宫人，就连她也担当不起。她现在自己都在忐忑，盘算着刘掌司若得知此事，不知该怎样降罪于自己，于是心中怒火越发炽烈。

众宫人都不作声，恨不得将头低得靠到胸，生怕此时发出一丝声息遭到迁怒。

灵枢早决定了要上前认罪，此刻在心中盘算着说辞。

高芷则微不可察地转动一下眼珠，眼角余光瞥见同样低垂着脑袋的灵枢，意外发现妧姜竟然不在人群当中。

高芷心中刚讶异了不到片刻，就看见妧姜端着一只托盘匆匆过来，因为手上不方便，她只能屈膝行礼："管姑姑，我来迟了。"

"你……你知不知道你负责的墨绿染缸碎了，染料全流光了？现在你居然敢没事人似的来这么晚……"

管樾气得声音都在颤抖，眼神简直可以将妧姜凌迟一遍。

"管姑姑，我知道您要问什么，我正是为此事来迟。那缸染料是我没有看管好，不慎砸碎了染缸，我情愿领罚。"

管樾倒是没想到盘问了这么久没找到主儿的祸事，这么容易便有人承认了，更没想到妧姜居然还如此淡定，领罚什么的，也说得太轻巧了吧？她刚冷笑一声，想着该如何发作，便见妧姜努力地将双手间的盘子往前送了些："您看，管姑姑。"

管樾满腔的怒火和快要脱口而出的一连串骂语被硬生生哽在喉头，一时瞪圆了眼，怒火竟然被这托盘里的东西瞬间浇灭了。

众宫人听半晌毫无声息，都以为管姑姑被气得呆了，没准都晕了过去，便有人大着胆子偷偷地抬起眼睑用余光扫过去，结果却只见管樾两眼发直，只盯着妩姜手中的盘子，她们隔得太远，无法看见盘里究竟是什么。

于是周遭的宫人也都陆续察觉出了异常，一个个悄悄抬头伸长脖子，都想看看盘里到底有啥宝贝，如此吸引人注意。

“这……你……”管樾终于开口了，仿佛还有些不敢相信。

“管姑姑，您看，这颜色是不是比碎掉的那缸色泽更鲜丽？”

“那是自然了，可是……”

“我今儿便是调配这豆绿染料去了，因初来乍到尚不熟悉套染手法，因此做得并不是太好，但管姑姑只要知道了我这方法，想来染出的布会比此前的更漂亮。”

管樾激动地拿过盘中的物件，众宫人这才看清，不过是废弃的边角布料，但染上的颜色却是前所未见的鲜嫩青绿。因染料中缺乏绿色原料，那些看着鲜绿油青的植物叶子，染上去往往都是青黄色，因此绿色布料格外罕见，迄今为止，织染局从未染出过这样色泽鲜亮的绿色，难怪管姑姑会如此激动。

“你……你是怎么做到的？”

“姑姑，您觉得太后会不会更喜欢这种颜色？”

“当然当然，可是你到底是怎么办到的？”

妩姜刚想开口，可是目光掠过一排正以好奇的目光打量她们的宫人，尤其是高芷那嫉妒、恼怒、怨恨交织的目光，她微笑了一下：“这染料配制不易，管姑姑您看……”

管樾如梦初醒，她只要掌握了这手配制豆绿染料的秘法，以后的地位何愁不能在织染局更上一层？可要是将这方法公然说出来，便不再是秘密，她不能保证这些年轻的宫人不会利用这方法抢在她前头去邀宠。

“妩姜，你跟我来。”

妩姜跟在管樾身后进了屋，然后详细地讲解了染制方法。

“太好了！太后寿诞，见着这块世间独一无二的布料，一定欢喜异常。”

当妩姜出来时，高芷看着管樾春风满面的样子，明知此时再多说无益，还是忍不住道："姑姑，妩姜砸了那缸染料……"

"那缸染料回头收集原料再调配，这事就由你去办。"

高芷张口结舌，没想到多插一句嘴得来的竟然是这样的结局，她愤怒地朝妩姜看过去，却只看到妩姜言笑晏晏地朝灵枢走去，看都没看她一眼。

"你太厉害了，妩姜！"

果然，刘掌司在巡检各人完成的任务时，对管樾和妩姜加以褒奖，虽然她不喜多言，但眼神中明显的赞赏之意已流露出来。

豆绿染料一事之后，妩姜深得管樾信任，已经从调配染料改去学习织染了，众宫人看她的眼光也和往日大不相同。

高芷见妩姜已得今日的地位，居然并未挟私向自己报复，意外之余，心里却极不是滋味，冷眼看着妩姜一如既往的开朗笑容，对自己顺遂的姿态，倒是越发不喜起来，只觉得这丫头小小年纪，倒是学得装腔作势，真是好手段。

入夜，一个瘦瘦小小的身影从膳房闪出来，四顾一下，整了整衣衫，晃着手中的提篮，脚步轻快地往诏狱走去。初上树梢的圆月照得分明，正是妩姜。

打开囚室的活动小门，妩姜笑盈盈地将提篮递过去："猜猜今天晚上吃什么？"

摩煊接过去，低头深深嗅了一下。

提篮还是那个提篮，里头的东西却与往日有些不同。他目光闪动了一下，仔细分辨着："咦……有酒。"

"你鼻子可真灵，那酒瓶口封得那么好，也能闻出来。我怀里还有只鸡腿呢，是我从膳房偷来的。"若不是近日管樾对她另眼相看，她也得不到随意进膳房准备食盒的机会。

"偷？"

妩姜刚想答话，忽然觉得一阵凌厉劲风袭来，她一惊之下，本能地回头去看。

"别伤她！"

一道寒光几乎是硬生生地落在妩姜脖颈处，只差分毫便能入肉。

她动也不敢动，只是低垂眼睑紧盯着搁在自己肩上的那泓秋水长剑，感觉到自己的心脏正在“扑通扑通”跳得剧烈，仿佛随时会蹦到嗓子眼。目光随着剑身上移，她看见了一道从上到下都包裹在黑色之中的人影，连头上都罩着仅露出两只眼睛的黑色头套。

这个人显然是之前藏在走道尽头阴暗之处的，诏狱的灯火本就幽暗不明，光线照不到的死角甚多，藏个人确实不易发现。

“你是谁？”

那个人哼了一声，并不理她，听来是个男声。

第一章

黑衣少年

“放了她吧。”摩煊又开口，语气平淡。

“这小丫头既能进来，或许便能帮我们逃出去，不如……”黑衣人的嗓音这回听得清楚，尚未脱稚嫩之音，显然是个少年。

摩煊摇摇头：“她不过一个掖庭宫人，帮不了你的。”

“那也不能让她泄露出去！”黑衣少年眸中精光一闪，提剑反手敲落，想要将妩姜打晕。

“我说了，别碰她。”

黑衣少年显然十分意外，寒光一闪，剑锋又落在妩姜颈中：“好，你既然让我别伤这小丫头，那你就跟我走，不然我就宰了她。”

“你不会的。”摩煊的语气很淡定，似乎认定了他不敢伤人。

黑衣少年气结，静默半晌，他哼了一声：“你可以试试我会不会。”语气听起来色厉内荏。

摩煊却只一笑：“我在这里很安全，你不必费尽心思带我走。”

“你不走，倘若《四夷书》落在宇文家族手中，那他们岂不是可以称霸天下？”

摩煊摇摇头：“只要《四夷书》不出现，他们能奈我何？你放心好了，我既然活到今日，便不可能轻易死在他们手中。”

他们左一个《四夷书》，右一个《四夷书》，妩姜听得云山雾罩，但有一点她倒是琢磨出来了，宇文家族，那不就是当今皇族姓氏吗？摩煊正是皇室死囚，莫非他被囚禁，正是与那本什么书有关？

“宇文邕将你囚禁于此，正是要逼你交出《四夷书》，万一你不慎泄露，那可是关乎诸国国脉，你也不想想……”宇文邕正是当今周国武帝的名讳，听黑衣少年张口便唤，毫无敬意，妩姜心里暗暗吃惊。莫非他们并非周国臣民？又或是乱臣贼党，才敢对国君如此大不敬，冒犯天子？

“我若跟你走了，也是被四海通缉，倒不如这里安稳。你放心，不管他们囚禁我多久，永远也无法找到《四夷书》。”

诸国国脉？称霸天下？妩姜隐约有些明白他们对话间的意思了，然而却更加费解，这本什么书居然能关乎诸国国脉，未免也太神奇了吧？

摩煊语意坚决，黑衣少年见劝不动他，跺了跺脚，恨恨道：“好吧，你愿意待在这里和蟑螂老鼠为伴，那就待着吧。”手下一搡妩姜：“走，带我出去。”

“记得别伤她。”摩煊的声音自铁门后飘来，妩姜听在心中，不禁感激不已。

黑衣少年没有作声，只推着妩姜往前走，到了台阶下时，他低声道：“你去引开上头的狱吏。”

妩姜侧目扫他，心想：你有本事进来，为何还要我去替你开路？但料想他只是不想惊动别人，便点了点头。

“不要耍花样，我要杀你易如反掌，这里的狱吏可拦不住我，我只是不想惊动太多人。”说话间，他手起剑落，妩姜只感到耳边轻风一掠，便看见几缕鬓发轻轻飘落，知道他这是在向自己示威。

妩姜整了整衣衫走上台阶，心中已编好了谎言，趁着狱吏尚未锁门，忽然指着门外惊呼：“咦，你看，那里有黑影闪过，不会是有坏人吧？”

狱吏循声望去，夜色昏暗，墙外隐隐有树影摇晃，他将信将疑地走出去察看。妩姜快步跟上，跟着眼前一晃，见那黑衣少年的身影穿过门径，无声无息地上了屋顶。

狱吏出去溜达一圈，只见着了一只乱窜的野猫，不由得骂一声“晦气”，又回了诏狱。

妩姜刚走几步，便觉得脖子上一凉，知道那黑衣少年又如附骨之疽般跟上了自己。

“你这样跟着我做什么？”妩姜盯着剑锋不敢乱动，嘟着嘴恼怒的模样甚是可爱，连那黑衣少年都看得怔了一下。

但他很快回过神来，哼了一声：“我现在若放过你，万一你出卖我怎么办？乖乖送我出掖庭，我就答应不伤你性命。”

“好吧。”妩姜无奈，只得在前面带路。

“你到底是什么人？摩煊又是什么人？”出于好奇，妩姜忍不住发问。

黑衣少年本不理她，经不起她一再发问，不耐烦地道：“跟你有什么关系？你知道得太多，不过是惹祸上身。”跟着又打量她一下，“你都已是如此处境，还有闲心管东管西，还真是不怕死。”

妩姜朝他扬了扬眉，眉梢跳脱，带着一丝俏皮：“因为我知道你是不会伤我的，他说的话，你不会不听。”

黑衣少年瞪了瞪眼，似乎企图露出凶光恐吓她一下，但终究还是沮丧地朝她翻了个白眼，败在她天真无邪的笑容之下。

诏狱外长长的巷道走完，穹幕上飘过的大片云翳渐渐遮盖了天边那钩弯月，原本银纱般洒落的月光一点点被吞噬，对于他们而言，虽然不方便行路，却更方便隐藏身形了。

三年来妩姜一直走着这条路，无比熟稔，顺利地带着黑衣少年在庭院巷道间穿梭，渐渐走到了靠近织染局的花径之中。前方是紧闭的织染局大门，各局入夜后便要关闭，禁止宫人出入，唯一例外的是侧边的小门，那是留给妩姜夜间送饭进出的，每日都要在她回了织染局后才落锁。因为懒得守在门边等候她进出，有时候值夜的宫人便暗地偷懒，将钥匙留给妩姜，让她自己关门。

但是他们现在是要出掖庭，并无必要穿过织染局，因此妩姜并没有往织染局那个方向走。

她刚想继续往前走，突然臂上一紧，黑衣少年拉着她迅速借着夜色掩映，藏身到一丛花树后面。

“怎么回事？”妩姜小声问。没得到回答，嘴却被人一把捂住，她瞪了黑衣少年一眼，却见他眼神专注地盯着织染局侧门的方向，妩姜不由得诧异，顺着他的目光看过去。

只见侧门“吱呀”一声，轻轻开了一条缝，探出一个脑袋来，左右环顾了一下。

妩姜想不到这么晚织染局居然还有人出来，看这鬼鬼祟祟的模样，倒不像是干正经事情的，心下不由得疑惑起来，同时又瞄了身侧一眼，心想刚才自己可未曾听到任何声息，这黑衣少年居然提前察觉到了，听力当真惊人。否则，自己刚才贸然踏出花径，必然先被人发现了。大晚上与这么一个黑衣蒙面人在一起，真是有口也说不清了。

侧门内探头探脑的那个人审视了一下周围环境，似乎在确定安全之后，才侧身闪出来，小心翼翼地将门又掩上。

二

此时四下灯火全灭，隐隐约约只能看出那是道苗条的身影，但身上似乎背着什么。妩姜凭借着朦胧的光线努力分辨，随着那道身影越走越近，她才吃惊地发现，那个人竟然是高芷！

没错，平日里高高在上、傲气凌人的北齐亡国公主，此刻背着一个不小的包袱，倒有几分像是做贼一般，蹑手蹑脚地沿着树影花丛往前走去。

"跟上她，瞧瞧她要做些什么。"忍不住强烈的好奇心，妩姜想要知道高芷到底要干什么。

黑衣少年倒没有反对，毕竟出掖庭也要经过这条道，尾随在后总比被前面的少女发现要好。

在接近掖庭与皇城内苑的月洞门口时，高芷忽然停了下来，学了几声猫叫。

喵喵的叫声在夜色中传出去，听来有几分诡异。

跟着，门后传来同样的猫叫声，月洞门打开了，闪出一道青衣瓦帽的身影，看服饰身形是个小太监。

"你要的布帛……"

"嘘！"小太监看来很是谨慎，左右扫视一圈，压低了声音，"跟我来。"

妩姜恍然，原来高芷身后背着的包袱里装的是布帛。

织染局多的是布匹丝帛，可她这大半夜的背着许多布帛打算去哪里？妩姜越发狐疑，刚抽身抬脚想追过去，却又被黑衣少年拉住，瞪着她轻声道："想跑？"

"不是，他们鬼鬼祟祟的，看来似乎有不良企图，我想跟上去瞧瞧他们到底去哪儿，想干什么。"

黑衣少年冷笑："你真是爱多管闲事，这又关你什么事？"

妩姜小声道："那是我们织染局的官人，她身上背着的布帛显然也是从织染局带出来的，这大半夜的必然不是正常运送，我看一定是偷的。万一明日被掌司她们发现布帛少了，岂不是所有织染局的姐妹都要因此受罚？我当然也逃脱不了。”

黑衣少年思忖片刻，“嗯”了一声，勉强答应帮她。“不过，你可不要惹事，我若因为帮你而被发现，可是会送命的。”

“我知道了，快走快走，他们都没影儿了。”妩姜一张望，已不见了高芷和小太监的踪迹，不由得心急。

“不必担心，有我呢。”黑衣少年一提气，带着妩姜纵身跃上屋檐，拉着她猫腰在瓦檐上潜行。

妩姜先是感觉腾云驾雾般飞起来，跟着平稳落下，竟轻盈无声，不由得又是新奇又是刺激，小声道：“你好厉害！”

黑衣少年冷哼一声，显然没有因她的赞扬而乐不可支，倒是压低声音警告她：“你给我小心着点儿！别让人发现了。”

白日里看来威严雄伟、镇宅辟邪的瑞兽在夜色下影影绰绰，看起来像蛰伏的怪兽一般，很快便将妩姜心中的兴奋打消了，余下的只有檐上蹑行的提心吊胆。

两个人的视线中出现了高芷和那个小太监，跟了他们一路，越过了好几栋屋宇，才见他们闪身进了一间耳房。

两个人在屋顶伏下，黑衣少年小心翼翼地将屋瓦一片片揭开，透过瓦楞间的缝隙从屋顶看下去，只见屋内点了一盏昏黄油灯，高芷和小太监围在一张方桌边，将她背上的包袱卸下，摊开来在油灯下一一检视。

包袱里的布帛都是织染局最新的花式颜色，帛料轻薄，丝质上乘，一看就价值不菲，都是给宫中皇族做成衣的布帛。

妩姜倒吸了一口凉气，见小太监一块块翻看检视完毕，才又叠好包扎起来，语气十分满意：“成色不错，是我要的货色，这批料出宫后必然能卖个好价钱，不过……”

妩姜贴近缝隙，想要看清楚小太监的脸，却不防脚下一滑，弄出了声响。她刚想惊呼，被黑衣少年一把捂住了嘴，同时拦腰截住她下滑的身形，飞快地带着她从屋顶上离去。

两个人却都没有注意到，妩姜身子一歪时从怀中滑落的一个黄色油纸包，华丽地划了一道弧线，穿过屋顶揭开的缝隙，自房梁上掉落到耳房内。

“噗”的一声响，油纸包结结实实地坠地，虽然只是小小一团，却惊得高芷和小太监全身血液都凝固了一般。

高芷本能地想抢上去看看掉落了什么，小太监却很机警，抬眼一看屋顶缝隙透着深黑的天幕，心中暗叫不妙，迅速冲出耳房，抬眼朝屋顶看去。

夜色太昏暗，只隐约看见屋顶似乎有黑影掠过，快到视线都来不及捕捉，等他揉了下眼睛再想看清楚的时候，已经什么都没有了，唯有天幕中影影绰绰的云翳和宫墙外婆娑的树影。

小太监又极目四下远眺了一会儿，确信什么也没看到，才心事重重地回了耳房。

“看到人了吗？”高芷急切地问。

小太监阴沉着脸摇了摇头。

“也就是没看见人往哪儿去了？”高芷有些气急败坏。

屋顶有那么大一个洞，还有这落下的不明飞行物，就算什么人也没看见，他们也确信自己的行踪已经被人发现了。

“掉了什么下来？”

“鸡腿。”

“鸡腿？”谁大半夜跟踪偷窥他们还怀揣只鸡腿?

小太监瞪大眼，再看看高芷手中摊开的油纸包，里头清楚分明地躺着一只金黄酥香的鸡腿，只是他们在面对这只鸡腿时已经毫无食欲，有的只是满怀的忧虑。

“怎么办？”高芷有些忧心忡忡。

“快点儿回去，谨防有人告发我们，若被人发现你的行踪，咱们可就暴露了。”

高芷点点头，两个人迅速清点交接了布匹，她才匆匆离开，谨慎躲闪着没入夜色之中。

小太监收拾好布匹之后，沉思片刻，出去寻了架竹梯爬上房顶。太监所住的耳房皆是卷棚顶，弧度圆滑，没有正脊，想要藏人是比较困难的。他并不怀疑偷窥的人依然在屋顶，只是想上来看看有没有什么线索，同时也需要将房顶修复一下，否则这个大洞也易引人怀疑。

他小心翼翼地伏在洞周围察看了一圈，将揭开的青瓦又一片片放回去，然后继续沿着屋顶察看。果然，他眼前一亮，发现屋顶朝东的走向有几块碎瓦砾陆续散落。他朝东向看了看，那边只有一排青砖瓦顶的低矮屋宇，是内承运库的十库之一广盈库所在。

广盈库主掌宫中布帛管理及运输，那里除了太监值守的耳房，其余都是贮存布匹、丝缎的库房，而这个叫禄言的太监正是广盈库值夜的，所以这一大片，今晚除了他，没什么活人在，这也正是高芷深夜找他偷卖布帛的原因。

三

“果然是个藏身的好去处。”他冷笑一声，慢吞吞地爬下梯子，往那边走去。

当禄言打开第一间房门，身影映在窗纱上的时候，原来那间耳房边放洒扫用具的阴影中蹿出两道人影来，悄无声息地纵跃上屋顶，往西边去了。

飞檐走壁地疾行了很远，妧姜才小声道：“瞧，他果然去那边找了。”

刚才他们从屋顶跃下，发现院子空旷，三面都有宽广平展的石径，无论从哪个方向逃离都会被人发现，而这一片的房屋都是各库存放物资和太监居住的卷棚顶，想在屋顶上跃下不被人发觉是不可能的，妧姜一眼瞥见两间耳房间放置洒扫用具的狭窄巷道，心念一动，拉着黑衣少年便钻了进去。

里面狭窄黑暗，又脏又臭，实在不是安身之处，所以当禄言又折身进屋后，他们又上了屋顶。

黑衣少年本想就此离去，但妧姜料到他们被人发现，必然会缩短交接时间，如果此时离去还是很有可能撞上交接后的他们，于是顺手抓了一些他们踩碎的瓦砾往东边方向一撒，再拉着黑衣少年缩进那个角落。

等禄言受了错误的引导，往东寻找，他们正好朝相反的方向而去，利用房屋的遮掩顺利脱险。

妧姜本有些小得意，但黑衣少年却只是从鼻中哼出一声，表示不屑：“若非你多管闲事，哪里会有这样的麻烦？”

“难道让我看着她倒卖我们织染局的布帛而置之不理？”

黑衣少年摇摇头：“你别以为我们目前顺利脱身就是安全的，你这性子，还会继续惹麻烦的，我看你还是就此罢手为妙。”

“既然被我瞧见，想让我置之不理，怎么可能？”想到过几日清点布帛时，刘掌司就有可能发现这件事，到时候若揪不出真凶，有可能大家都会受罚，妧姜不禁有些忧虑，开始琢磨起如何才能将此事告诉刘掌司并让她相信。

黑衣少年知道她这性子劝也无用，懒得再搭理她，只跟随她遮遮掩掩地继续穿廊过径，听妩姜解说这是到了哪里、那是到了哪里。再穿过一进庭院，便是掖庭最外几进建筑，那里是掖庭最近的出口。

对于妩姜的解说，黑衣少年毫无反应，她不禁有些纳闷，看起来他对道路竟似完全陌生，那他是怎样混进掖庭，进入诏狱的？这两个地方可都是皇宫禁地，不准人随便出入的。

妩姜并不知道他进来时，本是藏身在宫外向宫内收集溮水的空缸中混进宫来，直接到达掖庭最深处。

他本以为只要登高远眺，将掖庭的曲径路线都记在心中，便一定能找到逃脱路线，没料到皇宫占地的宽广、道路的曲折远超出他的预料，只一个掖庭便九曲十八弯，有十库六局、无数进院子，一眼望去根本看不到出处。幸好遇到了倒霉的妩姜，正好被他抓来带路。

当然，这些他是不能告诉妩姜的，他怕她得知自己不识路后，会使诈将自己带错路再甩掉。

“不好，前方有灯火，似乎还有人声。”眼见着前方便是庭院尽头的月洞门，极目细辨几乎都能看见掖庭出口，可几星火光却从那边亮起来。

黑衣少年耳聪目明，比妩姜更早发现，拉着她先隐身在树影之后，有几分担忧地朝那边望去。

妩姜尚未听见声音，但已隐隐看到远处有灯火闪动。

他们屏息凝神又静观了片刻，见不远处灯火来去，甚至有整支列队提着灯笼的，正在渐渐靠近。

但闻脚步错杂，人声鼎沸，似乎还有人自别的方向正在往那边集中，且呈合围之势，似乎要将掖庭出口封闭起来。

“他们这是在做什么？”黑衣少年本能地想到有可能是自己的行踪被人发现，因此掖庭众宫人深夜集中封堵出口。

妩姜轻轻摇头，神情凝重，轻声告诉他这是掖庭在戒严，必定发生了什么意外的事，她无法再带他出去了。

不仅如此，她还得赶紧回到自己房中去，一旦戒严，必然会四下查房，所有宫人都逃不脱检查。

黑衣少年见这架势，只能轻叹口气，知道今晚是无论如何也出不去了。

“我送你回去吧，你要是就这么大摇大摆地从大道上返回，势必被人发现。”

妩姜点点头，由着他带自己纵上树梢，在灌木乔木之间蹿高伏低，然后跃上屋脊，在飞檐角兽之间潜行。

“前方就是织染局，我不能再送你了，你自己找个地方好好藏身，明晚等风声过去再来找我，我送你出去。”

黑衣少年听她居然还不忘对自己的承诺，多少有几分感动，点了点头，纵身上了就近的屋檐，想了想却又俯下身来盯着妩姜，想要等她安全后再找地方躲藏。

夜色依然昏昧而又静谧，织染局离掖庭出口尚远，那里的灯火喧嚣完全传不到这里，虽然沿途他们也见到许多院落亮起灯火，但至少织染局这边还是黑暗一片。

妩姜离院门越近，心里越是渐渐宁定，寻思这会儿戒严的消息多半还未传到织染局，那么只要安然进屋，便可以避过查房的危机。

她蹑手蹑脚地走近院门，小心翼翼地推开侧门。

陈旧的门扉发出“吱呀”一声，缓缓打开。

妩姜踏入院子的瞬间，呼吸为之凝滞，连全身血液都开始疯狂上涌，手足战栗起来。

就在这一刹那，漆黑的织染局院落从各处次第亮起了明晃晃的灯笼，每盏灯笼后都明灭不定地映出一张面孔，眼神或疑惑，或震惊，或嘲讽，或不屑。

但最令妩姜心悸的，还是院落正中端端站着的掖庭令钱积纬大人，而他身边那个神色冷峻、眼神中似乎都透着寒意的正是刘掌司。管樾姑姑则神态恭敬，脸色苍白，低眉垂首地站在他们右侧。

待看清楚妩姜，管樾暗地倒吸一口凉气，但这种情形下她唯有自保，挥手示意下，织染局的少女们迅速上前将妩姜团团围住。

“这是怎么回事？”妩姜下意识地问了一句，四目环顾，却没有任何人给她答案。

她暗自分析着形势，并高速转念，想着眼前情势的各种可能以及应对措施。

人群中，高芷远远落在后头，嘴角微噙一丝冷笑，眼神阴沉沉地看着妩姜，心里暗自得意：死丫头，果然是你，叫你坏我好事，这下看你如何应付。

妩姜的目光从人群中一一扫过，终于在重重叠叠中看见高芷，平素和她形影不离的那两名宫人也挤在一处，下意识地，她从高芷充满恶意的笑容中辨出了什么。

妩姜猜得没错，惊动整个掖庭，发起这场戒严的正是高芷。

四

高芷与禄言交接后，始终心中忐忑，她确信自己的秘密已经被人发现，但是不知道究竟是什么人发现了自己，却又躲藏起来。

这个暗中偷窥的人到底是谁？他想做什么？他是偶尔发现了一次，还是从前就已察觉了什么，然后一直跟踪自己与禄言交易，再打算向掖庭令或掌司姑姑汇报？又或者这个人故作神秘，只是为了拿捏住自己的把柄，将来想要要挟自己或是分一杯羹？无论哪种情况，对她都是极其不利的。

她就这么心事重重地走回织染局，各种猜疑、惊惧和愤怒的情绪交织，心中波澜起伏。

回到织染局，四下阒寂无声，高芷很顺利地回了房，自然也不敢掌灯，只在黑暗中摸索着翻上了自己的床铺。但这种情形下，她又怎么可能睡得着？

高芷睁眼在床上翻来覆去，愁思百结，直到目力渐渐适应黑暗，她突然发现斜对面那张床铺上被褥叠着，竟然没有人！

自她悄悄回房到现在，起码过了一炷香时间，倘若那张床铺上有人起夜，这会儿早该回来了，那也就是说……那张床铺的主人和她一样，仍然夜半未归？这大半夜的，能上哪里去？

高芷只稍一思索，便想起那张铺上睡的是妩姜。她不由得想起了那个黄色油纸包着的鸡腿。

那该死的鸡腿……对，只有妩姜每天傍晚去诏狱送饭，才有机会在膳房进进出出，才有可能偷到鸡腿，她怎么就没想到这一点呢？她们这些掖庭宫人，平素若非年节喜庆，是没有可能吃到鸡腿的，只有妩姜，只有这丫头近日仗着管樾姑姑的信任，在膳房可以得些自由活动的机会。

那么，怀揣着鸡腿在房顶上偷窥她倒卖布帛的必然是妩姜无疑！

不管那丫头抱着什么目的，是什么时候发现她的，都绝不是件好事。等明日那丫头往管樾姑姑或刘掌司那儿一告状，她倒卖布帛之事被发觉，此事绝不会善罢甘休！

何况她曾是堂堂一国公主，单这盗窃罪名传开去，她岂不是让北齐蒙羞？哪怕国已亡，但人犹在，北齐百姓若得知公主竟沦落到如此地步，她这辈子还怎么抬得起头来？

怎么办？怎么办？高芷苦苦思索，咬牙切齿。

想了良久，高芷毅然起身，掌了一盏灯，往外走去。先发制人，后发而制于人，趁着妧姜尚未回来，她应该抢在前头去告发布帛丢失之事。

“砰砰砰！”院门铜环连续而有节奏地叩着，清越的撞击声在夜空中传开，虽然不响，但已足以惊起值夜的宫人。

“谁啊？”值夜宫人打着哈欠去开门，结果看见门外站着个擎着油灯的小姑娘，再仔细分辨一下，这不是织染局那个亡国公主吗？叫高什么来着？

值夜的宫人从睡梦中被惊醒，皱着眉，一脸不耐烦：“敲什么敲？知道这是什么地方吗？还当是你们北齐皇宫啊，大半夜的可以由得你自由来去？惊醒了掌司大人有你好看的！”

这院落里住的是刘掌司和几名监工的姑姑，身份地位在织染局颇高，连这值夜宫人也是贴身伺候刘掌司的，因此言辞中虽带着蔑视和侮辱，高芷却也不敢得罪，只是暗自含恨地偷扫她几眼，将她记在了心里。

高芷表面上却还是恭谨有礼的神色，不卑不亢：“这位姑姑，劳烦您通传刘掌司，我是织染局的高芷，深夜前来求见，惊扰姑姑憩梦是为无理，但实在是因有要事禀报刘掌司，不得不如此。”

值夜宫人听她言辞有礼，倒是不好再出言贬损，只是又扫了她一眼，气哼哼道：“你有什么了不得的事，明儿一早再来不成？这半夜的惊了掌司大人，仔细剥你的皮！”

“姑姑，此事有关贼人偷盗织染局布帛的事，非同小可。何况这贼人现在正在行盗窃之事，若延误时机，只怕让贼人跑了！”

“什么？”值夜宫人倒醒了一半，听闻是这么大的事，也不敢再耽搁，引了高芷去刘掌司住房，将她唤醒。

刘掌司倒是没有值夜宫人那么大脾气，只是半夜披衣起床，终究也少不了几分起床气，坐在床沿看着高芷的眼神冷峻分明，显然也颇为不满。

高芷“扑通”跪下，舌灿莲花，绘声绘色地讲起她事先编造好的故事。声称妩姜刚来织染局那几日，夜间总是悄悄出去，开始无意中发现，只当她是起夜，后来发现她久久不归，不觉起了疑心。

今夜见她又形迹可疑地起床，高芷便悄悄跟随在后，竟然发现她去了织染局存放上好布帛的库房中，然后身背着一个包袱从侧门出去。跟了一段路，发现她竟然去了掌管布匹丝帛的广盈库，那边可是太监居所，高芷不方便再跟，只是瞧着妩姜行踪鬼祟地进了广盈库院落，与一个看起来是太监的人交接那个包袱。

刘掌司听她说完，沉着脸静默了片刻，眼神中并不全然相信：“你确信那个人是妩姜？确信她身背的是织染局的布帛？”

“奴婢确信无疑。之前清点之时便有布帛丢失，姐妹们总心有疑虑，但因无证无据，也不好随便处置谁，这下倒是被抓个现行……哦，对了，掌司姑姑若是不信，随奴婢去住处彻查，想必还能找到蛛丝马迹。而且奴婢匆匆赶回时，妩姜那丫头床铺还是空的，这会儿怕是还来得及去堵她一回。”

刘掌司沉吟着点一下头，然后又摇头，对值夜宫人道：“兹事体大，万一惊动她，将证据全都藏匿起来，倒是不好办，不如我与高芷先去她房中搜查，你去禀报掖庭令钱大人，让钱大人发令在掖庭各库各局戒严，最好能人赃并获。”

织染局最先在各院落掌起灯火，以掖庭令为首的一行人浩浩荡荡地来到宫人们的住处，气势汹汹地推开门，吓得一屋子年轻宫人都跳起来，有些还衣衫不整地哆嗦着跪下，有些则本能地缩成一团，惊恐地捂着被子。

宫人们住的是通铺，一间大屋面对面两排铺位，每排一个挨一个地睡，共有两排二十张铺，唯有妩姜那条被子整整齐齐地叠着，她整晚就没回来过。

掖庭令和刘掌司倒是没空理她们，指挥人直奔妩姜的床铺和放置衣物的箱箧，上上下下搜索起来。

宫人睡的床铺就那一人多宽的狭窄地儿，很快就翻了个底朝天，褥子底下正正地平铺着几块轻薄柔软、色泽鲜艳的上好丝帛。

高芷脸上泛出一丝不易察觉的微笑，目光下意识地掠向掖庭令和刘掌司他们。

钱积纬的脸色阴沉，刘掌司虽然一贯是冰冷不近人情的神色，但眼中也燃起了一丝怒意。管樾的脸色更好似那几幅花花绿绿的丝帛，精彩纷呈。

织染局不止她一个监工，偏她手底下的人出了这样的事，之前才研制出绿色染料的功劳还不够抵这个过失的。她胸中的一腔怒火，都郁积着想要倾泻在妩姜身上。

“妩姜人呢？”管樾冷厉的眼神比平日更可怕十分，目光扫过之处，小宫女们纷纷跪下，谁也不敢作声，如一群受惊的小兽，连头都不敢抬，更无人应声。

“没有人知道吗？”

高芷轻声道：“管姑姑，她做了这种见不得人的事，自然是要瞒着大家的，多个同伙多个人分摊利益，我看她不会做这样的事。”

“来人，哪怕翻遍掖庭每个角落，都要将她搜出来！”钱积纬沉着脸下令。

高芷踏前一步，悄悄抬眼瞄一下钱积纬，小心翼翼道：“奴婢以为，大人这样大张旗鼓地去搜，没准儿让她有了防备，万一她情急之下设法逃出宫去怎么办？不如在掖庭各出口戒严，将她的出路堵住，然后……静候着她回到织染局。”

刘掌司沉吟片刻，看着钱积纬，微一颔首，采纳了高芷的建议，除了掖庭出口各处戒严，各庭院开始准备查房，那是为了搜捕和妩姜交接的同伙。唯有织染局这边静谧如昔，好像什么事也没发生一样，平静地等着妩姜自投罗网。

而浑然不知的妩姜还在想着要怎样查证揭发高芷盗卖布帛的事，却没想到自己已被落实罪名，来了个人赃并获。

管樾踏前一步，提起刚从妩姜的床铺上搜到的那堆布帛，摔到她面前，厉声斥责："怎么回事？你来告诉我这是怎么回事？"

妩姜弯腰捡起那几块布帛，在手里摩挲着，丝滑如水的触感在她指尖流过，她渐渐从不明所以的混沌情绪中沉淀下来，心智一点点清明。

这是一个贼喊捉贼的陷阱，只因高芷比她早回了织染局一步，便设下了这样一个坑等着她跳。

第三章

妙解危局

一

“这些料子，怕是咱们织染局上好的丝帛吧？”妧姜镇定地抬起头来，露出一个纯真的微笑，“不知姑姑为何将它们扔在地上？弄脏了好生可惜。”

管樾以为人赃并获，妧姜就算不立即痛哭流涕伏罪求饶，至少也该颤抖恐惧，不该如此一脸无辜，仿佛什么也不知晓的模样。一时间，她蓄积良久的怒意竟然发泄不出来，只是胸口起伏，喘息着瞪着妧姜。

刘掌司倒是平静地开口了：“这些是从你铺下搜到的，解释一下。”

妧姜对上刘掌司的目光，觉得她除了面色冷峻一些，眼神中倒并没有多么浓重的质疑之意，仿佛自己无论说出什么来，都会在她意料之中。她心中一动：掌司大人看来并不像很怀疑我的样子，也许只要我说得合情合理，她就能相信我。

“管姑姑，我想先问一句，这真是在我褥子下搜到的吗？”

“这么多双眼睛看着，难道你觉得我在冤枉你？”管樾的脸色又阴沉了三分。

妧姜微笑一下：“我想知道，这样平滑细致的料子，如果一直被床褥压着，上头还有人躺着翻来覆去的，是不是该起点儿褶子？”她边说边用手揉着丝帛，果然在她用力之下，轻软的料子经不起蹂躏，皱褶四起。

管樾倒是怔了一下，她并没有想到这一点。丝帛是平铺在被褥下的，抽出来时平滑如镜，她并没有想到床褥上是要睡个人的，这种越是细腻昂贵的料子，越是经不起翻滚碾压，必然不可能保持这样完好的状态。

高芷却踏上前冷笑：“或许这料子是你傍晚前刚放到床褥下的，还没来得及躺上去睡过。”

管樾质疑的目光又投向妧姜。

妧姜想了想：“可是，我刚来织染局没多久，这些织染好的昂贵料子都是由高芷姐姐你们几个存放保管的，我根本就没有机会接触到。”

高芷一怔，脸色微变，目光投向人群，掌管布帛存放的另一名宫人惶恐地垂首辩解："我的钥匙都是贴身存放的，而且我和妩姜不熟，从来没跟她多说过话。"

高芷眼见着管樾的眉头皱起来，暗地一咬牙，装作一脸惊惶："哎呀！今天我给生丝脱胶后见衣服上沾满了楝木灰调的浆，向晚时分回屋换衣服，连腰间的钥匙都解下放在盆内忘记拿了。后来妩姜也进去换衣服……这么一说我倒是想起来了，当时只有她一个人在屋内更衣，极有可能是她偷了我的钥匙去开门，又偷放回去！"

这赤裸裸的诬陷，倒也令人难以分辩，毕竟没有人能为妩姜做证。

妩姜轻咬下唇，心中迅速转念，知道今日除非彻查清楚，证明高芷才是倒卖布帛的人，否则自己很难脱身。可是人证只有那个小太监，他和高芷沆瀣一气，自然不能指望他，那就只能指望物证了。可这布帛又是在自己床褥下搜到的……她目光转动，下意识地将高芷从上看到下。

"你还有什么话说吗？"

"有！"妩姜盯着高芷的鞋帮，急中生智。

宫人们穿的均是白色厚底青面布鞋，白色鞋帮是最容易沾染污渍的。而放置布帛的库房正好地处染坊尽头，染坊本就到处溅着各色染料，前几日妩姜那缸染料打翻了之后，颜色又渗入泥土清理不净，今日白天下了场雨，将泥土表层的各色染料全泡开了，高芷偷布回来要经过那里，脚底免不了要沾上彩色泥土。

妩姜将自己的推论说了一遍，又加了一句："高芷姐姐说得没错，这料子还平滑如初，想必是不久前才去偷的，贼人恐怕还没来得及换鞋吧？只要查查谁鞋底沾了染料就知道了。"

说完，妩姜率先脱下自己的鞋给大家查看，鞋底都是新雨后的泥泞，没有任何染料的颜色。

在管樾的目光示意下，少女们战战兢兢依次脱着自己的鞋展示，轮到高芷时，她却迟疑了。

她再清楚不过，她的脚底一定有染料。但在管樾严厉的目光下，又见所有人都看着自己，她不得不勉强脱下自己的鞋。

尚未等管樾发问，她已经急急辩解："我这鞋底的染料，是因为我跟踪妩姜……"随即想到妩姜的鞋底摆明了没有染料，她的说辞未免难以自圆其说，只得含糊道，"我是跟着偷布的贼一直走到染坊，才发现有人盗窃的。"

管樾听她口风变了，不禁有点儿狐疑："你之前不是一直咬定偷布贼就是妩姜，你亲眼看见的吗？怎么现在不肯定了？"

"我……我……天那么黑，连月色都没有，我也不敢提灯，只是偷偷跟着……不过那个身形小小的，个子也不高，应该就是她了，没错。"高芷咬咬牙，"反正贼肯定不是我啊，否则我怎么可能站出来指认有人偷布？"

管樾瞪了她一眼，看她目光闪烁的样子，随时都有可能翻供，但现在骑虎难下，势必要先找出真正的贼人才能解决，于是只能沉着脸吩咐大家继续脱鞋查看。

妩姜一直盯着高芷，心里明明知道她就是贼喊捉贼，无奈却没有任何证据，眼看着一个个宫人都脱了鞋证实自己的清白，到最后又要绕回原话题，到底该拿什么去证明高芷才是那个贼，而自己只是被反咬一口呢？

妩姜咬着下唇，冥思苦想。

眼看又将陷入僵局，妩姜再拿不出证据，矛头又要指向她。高芷渐渐面有得意，想着只要再插上一刀，诬陷妩姜临时换鞋毁去证据，自己还是有很大胜算的。

但此时，刘掌司的眼中已经流露出一丝难辨的光芒，目光一点点从高芷脸上，移到妩姜脸上，然后缓缓掠过一众织染局宫人。

"是我。"正在每个人都怀着心思转着念头时，一个微弱而又清晰的声音响起，跟着有人越众而出，默默地垂首站在那里，双手交握，神情不安。

"灵枢？"连管樾都诧异起来。灵枢平时沉默寡言，给所有人的印象都是内敛敦厚，除了默默完成所有活儿，从不惹是生非，甚至也很少与人交往。

"高芷姐姐看见的那个人……是我。"灵枢的声音细微而平静，"我偷了布帛去盗卖，被她发现了。"

“那你又为什么肯承认了？”管樾问。

“我当然不想承认。”灵枢不动声色地扫了妩姜一眼，那个傻丫头怎么能斗得过高芷呢？她心里暗叹，“可是大家都脱了鞋，就快轮到我了。”

灵枢弯腰脱下自己的鞋，反转过来，鞋底的被各色染料浸透的泥暴露在众人面前。

“居然是你？”管樾觉得有些不可置信，但证据确凿，而且灵枢自己承认，事情的真相显露无遗，“我让你好好教妩姜，你居然教出这样的结果来！还想嫁祸于她！”

灵枢低声道：“我其实并没有想嫁祸于她，是高芷姐姐看错人了，我处理完那些布后就匆匆回来了，没想到会被人发现。这都是误会……巧合而已。”

二

高芷越想越觉得不可思议，怎么突然就冒出了一个灵枢呢？不可能，灵枢那种平素看来谨慎胆小的人，是不可能做出去膳房偷鸡腿，然后半夜爬房顶跟踪她的事的。她盯着妩姜，脱口问："那大半夜的，你怎么会离开织染局，到现在才回来？"

妩姜现在心绪纷乱，明知灵枢是出来顶罪的，却不明白到底是为什么，听高芷发问，呆了一下，突然灵机一动："我不是半夜离开的啊，我每天都要去诏狱送饭，谁承想那个犯人……他今天特别不舒服，饭搁了好久都没吃。可我要等他吃完拿提篮啊，只好在那里等啊等，大家都知道他有多可怕，我哪敢催他，所以就到现在才回来了。这不，膳房关了门，我连提篮都送不回去了。"她抬起胳膊，众人这才发现她居然一直挎着那个提篮。

妩姜这么说，是因为知道没有人敢去诏狱那边，包括掖庭令自己也是终年不会踏足的。

"对啊，谁挎着送饭的提篮去偷布啊。"不知道谁小声说。

高芷迟疑着看向灵枢："我一直跟在贼人的后面，只看见背影，并没有看清正面。那……想必是月黑天暗，我视物不清才看错了人，原来我跟踪的竟然是灵枢。"

管樾仍然不敢置信地看着灵枢，这沉默敦厚的小姑娘看起来完全不像是会做这种事的人，可是证据确凿，不容置疑，她唯有气恼痛心地指着她："灵枢，你太令人失望了！"

折腾了这一阵，掖庭令脸上也现出烦躁和疲倦的神色，他沉着脸微微不耐地挥了挥手："此事既已查到真正的犯事人，就这么结了。布帛属宫中财物，偷盗并贩卖当受刑罚责处，按宫中刑律第十五条盗窃罪来判，理应处以藤条杖刑……"

"等等。"刘掌司忽然插了一句，微微躬身行礼，"钱大人，犯事的是下官所辖，这孩子平日里并无作奸犯科行径，还请从轻发落。"

“嗯……”掖庭令看了看刘掌司，觉得她既然开口求情，总得卖她个面子，沉吟片刻道，“那便先禁足吧，将她关押起来好生看管，这件事就交给你处理了。”

刘掌司应了，示意人上前去押了灵枢前去暴室关押。

这场风波似乎就这么消弭于无形，掖庭令和刘掌司走后，困意袭来的宫人们哈欠连天地散去，唯有织染局这边齐齐被管樾训了一通，掖庭十库六局，唯她手下出了这等丢脸的事，很是令她面上无光，她以灵枢为例，警告训斥了一通宫人们。

管樾离去后各人打着哈欠上床，七嘴八舌抱怨着灵枢害她们挨骂，唯有高芷神色不宁，有些愣怔地坐在床边，似乎在思虑着什么。

妩姜看在眼里，默不作声地洗漱上床。她当然知道灵枢是被冤枉的，因此才对灵枢突然站出来冒名顶罪深感诧异，可是看高芷的神情，似乎也不是很明白为什么。

但高芷迷茫的神情只维持了片刻，随即一脸释然，无所谓地哼了一声。左右已经有人顶罪，她安全脱罪，至于是谁站出来又有什么关系。只是……她始终还是疑心，那只鸡腿有可能是妩姜掉的。

高芷的目光投向妩姜时，她已经若无其事地上床安睡了，一点儿也没看出不安的神色。

小丫头，这次算你走运。高芷心中默默想着，目光斜睨着妩姜，带着几分敌意。

当晚妩姜在床上翻来覆去地睡不着，一会儿纳闷灵枢为何站出来顶罪，一会儿想着黑衣少年这时会躲在哪里，倘若被人发觉了怎么办。

妩姜满心的忐忑，直翻滚到天色将明才迷迷糊糊合了会儿眼，次日起床顶了两个青黑的眼圈，被高芷好一阵嘲笑。

灵枢不在，妩姜想到她要自己学会忍，便默默地做自己的活儿，不去理会。

果然高芷很快觉得无趣，不再理她。

傍晚时分照常要去诏狱送饭，行到那条狭窄的长巷时，突然一阵风刮落，有道黑衣身影不知从何处蹿出来，落在她身前。

妧姜吓了一跳，定睛细看，原来又是昨晚那个黑衣少年。

“是你呀，你这一天躲去了哪里？”

“还能去哪里？自然是躲在这附近，整个掖庭还有比诏狱更安全的地方吗？”黑衣少年指了指诏狱周遭那草木森森的破败园林，这附近可真是没有人敢来。

妧姜点点头，看看四周：“难为你了，这里可真不是人待的地方。”

“没事，再差的环境我都待过。”他倒是满不在乎，“只是……”

妧姜有些诧异地看他，突然听到了咕咕声，看见了他一脸尴尬的红潮。

“这里没吃的，我好饿。”

妧姜笑起来：“好吧，反正我带给摩煊的食物不少，我今天又偷偷给他捎了糯米团子和鸡腿，便宜你了。”

看着黑衣少年狼吞虎咽地吃着，她忍不住道：“慢点儿，慢点儿，小心噎着。对了，戒严已经解除，今晚我会设法偷偷带你出掖庭。”

“嗯，行。对了，昨晚你是怎么逃脱罪责的？”黑衣少年远远在屋顶观望，却无法在大庭广众之下救人，也无法得知具体发生了什么事，只是有些担心妧姜出事，如今看见她安然无恙，也很是诧异。

妧姜将昨晚的事说了一遍，然后说出自己的疑虑，表示完全不明白灵枢为何会突然出来顶罪。

如果说是为了自己，那这件事自己完全没有做，可以再想办法查证脱罪，灵枢实在不该干这种傻事。

黑衣少年思索良久，摇了摇头：“我可不觉得这事如此简单，你的朋友出来顶罪，也许有为你解围的因素在内，可是如果仅仅为此，理应不会一力承担下来，她这样做完全是将自己置于险境。昨晚如果不是你们那个掌司替她求情，我看一个小姑娘家可未必受得了藤杖之刑。”

“说的是，况且当时那种情形，其实高芷也没有证据证明我偷了布帛，毕竟脚下有染料的是她而不是我。”

“嗯……有点儿奇怪。”

“你能帮我查清楚这件事吗？”

“行，看在鸡腿的分儿上。”

妧姜笑起来。她与黑衣少年暂别，随后去诏狱送饭，学字背书，照常回到住处。

三

宫中的三更更鼓敲响之后，妩姜竖起耳朵倾听了片刻，只闻此起彼伏的沉鼾之声，偶尔有人咂巴着嘴翻个身，继续陷入沉睡。她悄悄穿衣起身，摸到灵枢放置衣物之处，提了藤箧蹑手蹑脚地走出去。

黑衣少年如约在夜色下候着她，今晚倒是月明星稀，院中银辉洒落，行路也方便。两个人寻了处平展的地方蹲下，打开灵枢的藤箧，见里面除了一些更替衣物，便只有一个蓝布包袱，从外头一摸，却是些棱角分明的硬物。

妩姜纳闷地解开一看，见有一卷医书，展开一看，却不认得几个字，她有些尴尬地递给黑衣少年。他翻了一下道："《黄帝内经》，是本医书。"

这本书分《灵枢》和《素问》两部分，讲的无非是医理药理，他也不大看得懂，摇摇头："没什么异样，倒是这书名……灵枢，怎么跟你那朋友的名字一样？"

"是吗？"妩姜也很诧异。当时纸质书尚未盛行，纸书装订成册十分少见，那可不是一般人能读得起的东西，灵枢会有这个，确实很奇怪。

黑衣少年摊了摊手，表示他也不明白，随手拿起包袱里另一样东西，居然是个黑沉沉的木质牌位，上面阴刻着一行金漆字：显考施公丹阳之灵位。

妩姜翻看着包袱内其余物品，见另有一些散碎布料和针线荷包，一件即将缝制完的衣衫。她提起来往身上比画一下，发现身量瘦小，应当是件半大孩子的衣服，而且颜色青黑，明显是男装服制。正思索间，听黑衣少年唤她，举目望去，看见他手中的牌位。

"施公丹阳……这名字好生熟悉。"黑衣少年沉思着，忽然想起曾经的太医令便叫施丹阳，因犯事被囚，后定罪为谋反，具体情由虽不清楚，但如此重罪显然必被处死。他身后曾有一儿一女，被捕后下了京都天牢，再之后去向不明。

他向妩姜解说一番后，两个人分析了一下，觉得灵枢必然就是施丹阳的遗女，这衣服既然是替男孩缝制的，那么她一定还有一个弟弟，她弟弟也应该还活着。按律谋反是要抄家灭族的，这姐弟俩居然能幸免，不知是否因为他们当时未成年，刑部执事者怜悯他们孤弱，才特意法外开恩，免于死罪。

妩姜隐隐约约猜到了灵枢替罪的原因，但还是不得要领。难怪灵枢沉默寡言，身为罪臣之后，她一定也不愿意自己的身份被人察觉。

“施丹阳当年犯了什么谋反大罪呢？”

黑衣少年冷笑一下：“欲加之罪，何患无辞？”听他话中有话，似乎知道些什么。

但妩姜再问，他却不肯说了。

妩姜狐疑地看着他：“这么说灵枢的父亲是被人冤枉的？你怎么会对朝中之事如此清楚？你到底是什么人？”

她再三追问，他被逼得急了，不耐烦道：“我叫柳述，别的你不用问了，我也不会跟你这小丫头多说。”

妩姜鼓了鼓腮，白了他一眼，念了两声：“柳树，柳树……哈哈，你家门前不会是正好有棵柳树吧？你爹给你取名字，连心思都懒得花。”

“去去去，胡说八道，我那是评述之述，不是柳树的树，小丫头大字不识几个，别给我瞎扯。”

“反正你就是河边种的柳树，我以后叫你小柳树。”

妩姜得意又狡黠地看着他，又叫了两声，叫得他脸上一阵青一阵白，真想捏死这小丫头。他咬牙切齿地看着她，终于想到该如何让她停口：“你还要不要去找灵枢了？再多叫几声，就让你自己想法子去。”

“要要要。”妩姜忙收拾了灵枢的物件回去放好，再溜出来，带着柳述往关押灵枢的暴室而去。

掖庭的暴室在一个与诏狱同等荒废颓败的院落之中，因常年疏于打扫，院落中草长及膝，石径上都长满了青苔，踏进去还有乌鸦在夜色中飞起，发出“哑哑”的难听声音，更衬得这里阴森恐怖。

但这里不同于诏狱，在院落入口处便有人值守，夜间院门紧闭，值夜的耳房内亮着昏黄的灯光，但静悄悄的，想来值夜的也在躲懒休憩。

柳述拎着妩姜纵身上墙，越过院墙悄无声息地跳下去，两个人沿着墙根摸索着贴近暴室。

掖庭的暴室狱是用来关押受罚宫人的，没有雕花镂空的窗棂，也没有开扇木门，与外界相通的是一道锈蚀沉暗看不出颜色的铁门和近檐下一扇小小的气窗，以铁栅隔断内外。

看着门上泛着铜绿的重锁，妩姜有点儿傻眼，没想到连灵枢的面都见不到。

柳述像是看出她的心思，朝她丢了个得意的笑容，伸掌在她面前一晃，再一晃的时候指缝里已经多了根铁丝。

妩姜看着他弯腰将铁丝插进铜锁锁孔，捣鼓了片刻工夫，便听见“咔嗒”一声轻响，锁应声而开，他将门推开一条缝，迅速蹿进去。

跟着只听见里面传来灵枢一声短促的“谁……”就没了声息。

发音太短，又不响亮，完全没有惊起任何动静。妩姜跟着进去掩上门，一片黑黢黢的，完全目不视物。

“嚓”的一声，屋内亮起一星火苗，妩姜看见柳述一手拿着火折，一手还捂着灵枢的嘴，忙上前阻止。

灵枢看见妩姜，惊恐的神色渐渐平复下来。

柳述说了声：“闭嘴，不许叫。”然后松开她，在屋内唯一的桌上寻了根短短的蜡烛头点上。

“妩姜，怎么是你？快出去，被发现了要受罚的。”

“不用担心，我只是来看看你，你没事吧？”然后指指柳述，“这是……是我朋友，你不用害怕，是他带我来这里的。”

“没事。”灵枢说着，却瑟缩了一下，下意识地往阴影处退了两步。

“我看看。”妩姜不由分说上前去拉她，却发现她衣袖上有陈暗的血渍，吃惊地卷起她的袖子，手臂上果然有青紫伤痕，“他们还打你了？”

柳述哼了一声：“你以为这是哪里？是暴室啊，你还当是皇后娘娘的泽福殿啊，让你锦衣玉食享乐的吗？”

妧姜有些心疼地替灵枢吹了吹："怎么会这样呢？你不该站出来顶罪的，你知不知道那晚盗布帛的其实是高芷……"

"我知道，我都知道。"灵枢平静地说。

妧姜睁大眼："你都知道？"

灵枢点点头："我比你更早发现她偷盗布帛去宫外卖，但是……"她轻轻叹了口气。

妧姜蓦然想起那个牌位和衣服，明白了几分："你是太医令施丹阳的女儿吧？"

灵枢猛然睁大眼。妧姜便承认了翻过她的衣物和包袱，发现了那个牌位和衣服的事，并推测道："你总是受高芷胁迫，做一些你不愿意做的事，是因为她也发现了你的秘密吧？那件小衣服，是你给你弟弟缝制的？"

灵枢有些无奈："你都猜到了。"

原来灵枢确实有个弟弟，同样作为罪奴被发配到匠作署做苦力，在宫中修葺殿宇，生活艰辛，连衣衫破了都无人缝补。灵枢曾偷偷去看过他，见他大冷的天，裸露在外的肌肤冻得青紫仍然在辛苦劳作，小小年纪实在令人心疼，便想到要为他做一件新衣。

但灵枢可不敢像高芷那样偷盗布帛，她只能夜里悄悄在织染局里收集一些为宫中贵人做成衣剩下的边角布料，拼拼凑凑缝制起来。就是在那个时候，她发现了高芷偷盗布帛出织染局交易的事。

可即便如此，灵枢也不能去告发高芷，因为在此之前，高芷掌握了她的秘密。

四

宫中严禁烟火祭祀，但灵枢曾在施丹阳的忌日偷偷点过香火纸烛祭拜，这件事不但犯了宫中禁忌，更有祭拜反贼之罪，两罪相加，足可致死。因此高芷才不断用此事威胁灵枢替她干活。

灵枢很清楚，即使她去告发高芷偷盗成功，也会被高芷反咬一口，到时候她祭拜罪臣可是死罪，下场只会比高芷更惨。

当高芷冤枉妩姜的时候，她很清楚这是在栽赃，却无可奈何，有心想帮妩姜又没有办法，而且她很清楚，就算妩姜能设法找到高芷偷盗的证据，高芷也一样会把自己推出去顶罪，倒不如此时站出来，既解脱了妩姜又帮了高芷。

妩姜又气又恼，但同样无可奈何，毕竟施丹阳的牌位在那里，铁证如山，高芷只要一告发就会害了灵枢，可灵枢显然是绝不可能放弃父亲的牌位的。

“没事的，我被关押一阵而已，总会被放出去的。其实这里也不错，不用干活，还有饭吃。”刚说完，灵枢的肚子就“咕”地响了一声，像是在反对她说的话。

灵枢有些尴尬，默不作声。

“你别骗我了，他们这么打你，还不给你饭吃，这不是要人命的地方吗？”

柳述耸耸肩插了一句：“她只是关押之罪，趁机给点儿苦头吃是免不了的，但只要不是死罪，总能被放出去的。吃食应该也是有的，一天一顿罢了，饿不死而已。”

灵枢无声地笑了笑，算是默认了他的话。

妩姜同情地上前握住她的手，安慰道：“没事，下次我去诏狱送饭，给你偷偷带些。”摩煊那边就算没什么大鱼大肉，每次送去的总有三餐的量，她只要偷偷再加点儿就够分给灵枢了，隔三岔五还能加点儿好吃的。

灵枢叹了口气：“我倒不是挨不起这点儿饿，只是我被关在这里，那衣服又不知何年何月才能送到弟弟手上，这孩子……年纪小，不知道能不能挨得起那苦？”

妧姜怔了一下，衣服她可以帮灵枢做完，可是匠作署她却没有机会进去，就算设法偷偷溜到那里，最多也只能像灵枢那样远远观望而说不上话。

柳述开口道：“我可以替你设法传话给你弟弟，你有什么想对他说的吗？”

妧姜睁大眼，先是奇怪他为何能出入匠作署，再联想到他单枪匹马都敢闯入诏狱，那进一下匠作署也就不足为奇了。

“那真是太好了，拜托你帮我告诉我弟弟，让他凡事多加忍耐，需要什么可以设法托人告诉我，我会想办法给他弄到。”灵枢之所以这样说，是因匠作署的人接触的太监多，出入要自由些。

“还有，我会设法给父亲翻案，让他不用忧心。”灵枢说完，再三谢过柳述。

柳述难得还了一礼，态度比之前要有礼多了，妧姜瞄了他一眼，心里觉得这人虽然嘴巴总有点儿不饶人，心眼其实不坏。她明显看得出他是感动于灵枢对弟弟的关爱，明明自己身陷囹圄，自身难保，还时刻想着要照顾弟弟。

他们又说了几句话，妧姜和柳述便告别离去，夜色已深，正是柳述离开掖庭的好机会，再延误下去又怕生出什么意外来。

出了暴室狱，两个人趁着夜色奔掖庭出口而去，这回倒是顺利，很快便接近了昨夜那个地方。

只是今夜没有戒严，也没有辉煌的灯火，唯有出口处值夜的廊下挂着两盏白纸糊的风灯，被风吹得摇摇晃晃，烛火摇曳。虽然朱门紧闭，但宫墙的这点儿高度，料想也难不倒柳述。

妧姜转头看着柳述，朝他一抬下巴示意。

柳述微微一笑：“可别指望我感谢你。”

死鸭子嘴硬。妧姜斜睨他一眼，知道他就是嘴硬心软的个性，撇了撇嘴，压低声音道：“还不快走，难道等天亮吗？”

“我帮了你那么多，不谢一声就算了，连道别的话都不说一句。”柳述啧啧两声，叹气摇头，一脸“你好无情”的嫌弃表情。

妩姜转了转眼珠：“好，谢谢你，小——柳树。”然后自顾压低声音哼唱一首歌谣：“小柳树，头发儿长，天天河边梳头忙。谁来梳，风来梳，小河当镜亮光光……”

“你……”柳述气得脸上一阵白一阵青，牙根痒痒地看着她，若不是男女有别，他真想在她那水润润的小脸上掐一把。

妩姜朝他吐了吐舌头，撒腿往回跑，边跑还边回头朝他摆摆手：“别忘了你答应灵枢的事，办好了有空进宫来传个信给我——”

还进宫？柳述一脸不屑，但心里却在揣摩那句传信给她的话，居然有几分高兴。

回了织染局，妩姜又困又累，倒头便睡。她梦见自己和灵枢脱离了宫中低贱奴婢的生涯，不再受人欺凌。只是鸡鸣醒来时发觉一切如昨，轻轻叹口气，又振奋精神起床，在心里对自己说，认真努力地过好每一天，总会有希望的。

接下来的日子，妩姜照常干活，去诏狱送完饭，便偷偷潜去暴室狱。她自然没有柳述飞檐走壁的本事，不过她向来顽皮好动，爬墙这种事还难不倒她。悄悄避开值夜太监，把拿油纸包好的食物从高高的气窗给灵枢扔进去。

不过对妩姜而言，最苦的并非每日的劳作和高芷偶尔的刁难，而是摩煊的严苛。

“不是这样写的，瞧你这一竖歪歪扭扭，笔画虚浮无力，没吃饭是吗？”伴着呵斥声的，是一小截从窗口飞出的鸡骨头，正正打在妩姜的脑袋上，痛的程度恰好在她可忍受范围内，又不会打伤。

每次都是这样，虽然摩煊不能直接接触到她，也没用私塾先生的板子来打她手心，但他总能从每天的菜肴里找到什么豆壳、花生壳、小骨头之类的玩意儿当成暗器，每发必中，一定会打到她的脑袋。

妩姜委屈地噘着小嘴，可怜巴巴地继续提笔，努力把那一竖给捋直了。

练过字还不算完事，摩煊上下左右地以嫌弃的目光扫了一遍妩姜的习字帖，开口道：“来，昨儿教你的一段文，先背给我听听。”

“哦。”妩姜背得有些不太流畅，背几句就要想一想，也不怪她，实在是摩煊让她背的文佶屈聱牙，很难理解，对于一个连识文断字都要从头学起的小丫头而言，确实是为难。

“用心点儿。”摩煊皱着眉，有些不太满意，但他手头已经没有鸡骨头可丢了。自从上次妩姜送了一碗红枣给他，每粒枣核都用来对付她的脑袋之后，她也学精了许多，像红枣这种东西她已经尽量避免送了。

“好了，时辰不早了，早些回去睡吧。”

妩姜应了，收拾东西往回走，边走边打哈欠。有时候学得晚了就是这样，日子一久，难免就有些辛苦倦怠，好在她还年轻，倒也承受得住。

第四章 寿筵献佛

一

妩姜打开静置了一夜的靛染水，缸内散发出混合着靛酒的香味，鲜艳的色泽因缸壁的触碰产生动荡，漾出绚丽的波纹。

她满意地点了一下头，拿出隔日浸好的布料放进染缸浸染。

她才来织染局没有多久，已经开始染布，而且学得可比高芷要快得多，无疑是管樾的提拔。但染布没那么容易，只是将布丢进染缸便行，她现在染的这匹布，正午时分就要捞出来沥干，过了正午再将布放进去浸染，至黄昏再捞出晾在架上沥干，到了戌正时分再加入蓝靛，以搅棒拌均匀，再密封。

如此连浸三天才算完成第一道工序。完成三道工序——九天之后，一块白布才算浸染完成。

妩姜不时抬头看天色，计算着布匹要捞出来的时间，手头也没闲着，还要继续给一批生丝脱胶，忽听得管樾在院内拍掌唤她们集合。

妩姜过去时，看见高芷拍打着裙角的草木灰，似有意若无意地拦着她的去路。她放慢了脚步，看高芷回头得意地朝她一笑，心里不禁觉得有点儿无聊，好像占了她多大便宜似的，也不过让她走得慢些，排在队伍最末而已。

“钱大人有话要说，肃立，列队，都静候吩咐。”

管樾身后的长廊上，钱积纬晃晃悠悠地踱步过来，刘掌司亦步亦趋地跟在后头。

钱积纬站定后轻咳一声，背负双手，微抬头似乎不屑看她们，打着官腔道：“太后寿筵将至，各宫都在积极筹备贺礼，本官既辖掖庭，少不了也要有份贺礼送上，因此各司库都要备上一份重礼送交本官，若献礼之日能得太后赏识，你们都会有重赏。”

跟着转头朝刘掌司笑了一下：“上回为太后寿筵做成衣染的那块布料，颜色很是妍丽，太后看后大加赞赏，这次……看你的了。”说罢轻拍了几下刘掌司的肩，呵呵笑着离去了。

刘掌司看向管樾：“听见了吗？”

管樾忙点头称是，表示一定尽心尽力，想出一样万众瞩目的寿礼来，跟着恭送刘掌司离去。

管樾回身后叹了口气："都听见了吧？掖庭十库六局皆要备一份大礼交由钱大人过目，可不是每份礼够贵重，交了便行的。钱大人虽然没有明说，但大家应该明白他言下之意，那是要出其不意、能博太后欢喜的才叫重礼。别的各宫不提，单掖庭这十库六局就一定都是挖空了心思备礼的。先要交钱大人过目，倘若钱大人都看不上眼的……你们也该明白了。"

钱大人最后对刘掌司说的那句"看你的了"，其意已经不言而喻。对织染局抱了这么大的期望，若令他失望，无疑是要责罚的。

掖庭令期望能在太后寿筵上大出风头，对他的仕途自然大大有利，可这风头要是让人抢了去，他的光明前途就免不了要黯淡一下了。

到时候整个掖庭必受迁怒，最寄予厚望的织染局首当其冲，肯定讨不了好去。

这份厚礼的筹备是把双刃剑，备得好了，提拔有望，至少重赏；备得差了，灰头土脸不说，穿点儿小鞋都有可能。

因此管樾的脸色并不好看，并没有将这份"器重"的殊荣当成机会。

"给你们最多两天时间，每人想个点子报上来吧。"管樾重重叹了口气，"不要说什么丝绸布帛之类。"织染局最多的当然是丝帛，但这些怎么可能用来当太后的寿礼？

"诺。"众宫人低眉垂首地退下，其中不乏像高芷那种自觉抓住了机会正苦思冥想的，但是也有愁眉苦脸，和管樾一样觉得接了个烫手山芋的人。

妩姜落在最后没有离开，站在原地若有所思。

管樾似乎发现她的神情有异，当所有人都离去后，走至她面前。

"管姑姑。"

妩姜回过神来。

"上次染料的事，让刘掌司很是欣赏你，这次希望你还能想个好点子出来。"随即她又叹口气，"也不用想太多，我不会强迫你的。"

管樾平时驭下严格，并不可亲，但是相处这些日子，妧姜觉得她其实是个好人，此刻看她脸上带着忧色，知道她其实是很担心这件事的。

妧姜心头一热，冲口道："我会好好去想的。"

"嗯。"管樾看了她热情的眼神，并没有提起多少精神，敷衍地朝她笑了一下便出去了。

妧姜知道，虽然管樾嘴上这么说，但其实心里并没有对她抱太大的期望，织染局以少女居多，大多数都是罪奴或出身下贱之人，根本没有任何机会接触太后，自然不会知道太后的喜好，若说能想出什么投其所好的寿礼来，真是没多少指望。

但是妧姜不这么想，她想的是，她们虽然不知道太后心意，但宫里知道的人却很多，可是年年都有寿筵，恐怕太后喜欢的东西也都送了个遍，反正投其所好这条路行不通，那剩下的只有别出心裁了。

妧姜挎着提篮，边走边想着寿礼的事，居然完全没发现去往诏狱的路上平白无故堵了个大活人。

她"咚"一声就撞了上去，连提篮都飞脱出去，里面的食物洒了满地，妧姜登时傻了眼。

"这……"她抬起头，蹙着小眉头，鼓着腮，"你这人怎么拦在路中间？害得我东西全洒了，这下好了，我拿什么送饭呢？"

她这才看清，撞上她的是个蓝色锦袍的少年，衣衫下摆被各种颜色的菜汤溅得五颜六色，汤汁还在往下淌，真是好一片花团锦簇。

妧姜呆了一下，生出几分内疚来，无论如何也是自己把人家的衣衫弄脏的，再看那一身轻裘缓带的装束，心想糟了，看这衣料，这许多汤渍油渍若是洗不干净那可赔不起。

"对不起，你这……这身衣服脏了，我帮你洗吧……"她有些不安地伸手想去擦，又觉得这个动作多余且徒劳，尴尬地停下来，抬眼看对方。

对方看起来比她平静很多，丝毫没有动容，脸上带着温文淡雅的笑，依然背负着手，微低头看着她。

妩姜一时觉得自己看着他的脸时必须要仰望，除了他身段确实颀长高挑外，还有种难以言喻的高贵气质。这种居高临下的无形压迫感，令她呆呆站在原地，居然忘记了该做什么、说什么。

蓝袍少年静了片刻，笑意深了些："好了，现在已经这样了，我们是不是该想个法子解决这件事？"

妩姜蓦然回过神来："哦……是啊是啊，我得先找个地方让你换身衣服……"

"我觉得，是不是应该先去重新准备一下食物送去诏狱？那应该更重要些。"

"嗯，可是……你这一身不方便吧？"

"难道你打算找身女装给我换上？"

妩姜一愣，她确实没办法去找身男装，就算勉强找个相熟的小太监借一身，恐怕面前这人也不肯穿吧？对了，看他这身装束，该不会是宫中哪位贵人吧？

她忽然有几分紧张。但是看他的笑容并无恶意，便暗自安慰自己，贵人怎么可能来诏狱这种地方，是自己想多了吧。

"我自己去换衣服吧，你还是去重新准备饭食吧。"

"嗯。"看着他从身边错身而去，妩姜忽然觉得自己变得有点儿傻，匆匆回过身叫了一声，"哎，那个……记得把换下的衣服给我洗。"

他顿了一下，回过身，似乎有几分好笑，但终究只说了一个字："好。"

二

宇文赟一直走了很远，还是觉得有几分好笑，回想起刚才那个小宫女皱着眉头嘟着小嘴的模样，看他的时候一双眼睛亮晶晶的，似乎有泓清水在流动。

好天真的孩子。他无语地笑着摇摇头，走了几步忽然顿了一下，心想那小姑娘不过是个寻常宫女，那么一篮子食物都洒光了，回去大概会挨骂吧？而且万一弄不到食物，诏狱里那个人不是要从今晚饿到明晚？

他加快步伐往前走去。

妩姜在掖庭膳房跟总厨再三解释，然而得到的只是一顿责骂而已，并且总厨还冷笑一声："在去诏狱的路上撞了贵人，你撒谎不能撒得高明一点儿吗？那个鸟不生蛋的地方，哪里会有贵人？明明是你自己走路不小心把食物全洒了还推卸责任！这都什么时辰了？没东西吃了，走走走，自己想办法去。"

最终妩姜被总厨赶出门去，眼睁睁看着膳房门"砰"的一声被关上。

她委屈地蹲在门外，噘着嘴，又愁又烦，还指望着今晚向摩煊讨主意呢，结果出了这事，拿什么去送给摩煊呢？每天就送这一回，可是连明日的饭都给洒光了，难道要让他一直饿到明晚？

正焦灼间，眼前多了一双粉底云头皂靴。

妩姜一愣，抬眼看去，原来是刚才那个年轻男子，已换下了那身博带褒衣，穿一身玄青色窄袖便服，正低头微笑着看她。

"是你呀。"妩姜看见他扬一扬手里的包袱，想起要帮他洗衣服的事，忙伸手接过来，"我会尽快洗干净还你的。"

他并没有答话，看着她道："在这儿蹲着想什么呢？找不到吃的送去诏狱了？"

"是呀！"她苦着脸。

他笑了笑："走，我带你去找吃的。"

妩姜的眼睛顿时亮了："找吃的？去哪里？不是，等等，你是谁啊？"

他笑而不答，只是将她从地上拉起来。

妩姜跟着宇文赞穿梭于树影花径，每次总能顺利地避开各处守夜关卡。初时妩姜还知道在掖庭的哪个方位，到后来完全是陌生的庭院，她便知道已经出了掖庭。好奇之间，她再三发问，可是宇文赞始终笑而不答。

直到前头无路可走时，妩姜盯着丈高的宫墙下两扇铁锁把门的朱漆宫门，带着几分看好戏的心情看着宇文赞。

他却没有半分停留，一拉她的手臂，纵跃上宫墙。

妩姜有些目瞪口呆，没想到他这身手居然不逊于柳述。

“你好厉害啊……”

宇文赞没有理她，很快带她来到一扇门前，左顾右盼之后推门而入，妩姜跟着进入，看他关上门点灯后小心翼翼的模样，忍不住小声问：“你怎么像做贼一样啊？不是带我来找吃的吗？”

“对啊！就是来御膳房偷吃的。”

妩姜睁大眼，捂嘴道：“你……原来也是来偷的？”

宇文赞随手一指，笑着朝她一努嘴，妩姜这才发现自己置身于一个宽敞的厨房，厨房占地之广是她从未想象过的。一间膳房而已，竟然比她们二十名宫人寝室都要大几倍，她终于相信这真是御膳房了。

那她岂不是已经进入皇宫御园？她再次怀疑起宇文赞的身份来，居然能自由出入御园，而且熟门熟路，他肯定不是一般人。

“你到底是谁？来御膳房偷东西吃，看你不是第一回了吧？”

“嘘！”宇文赞竖起食指在唇边，露出一张笑脸，温文的脸上带着几分狡黠。

“哦，我知道了，你是宫中侍卫？”

宇文赞仍只是微笑，不置可否。

“难怪你身手那么好。你是不是常来偷东西吃啊？”妩姜打开笼橱，忙着在里头挑拣，一样样放进提篮中。

宇文赞咳了一声，含糊应了，又觉得好笑，这辈子还没被人当过贼，却被这小丫头当成常来偷嘴的。不过想想又觉得这半夜做贼的感觉竟有几分刺激，看妧姜一边挑选一边顺手拈块糕点往嘴里塞的样子，颇为有趣，走到她身后问："好吃吗？"

"嗯。"她嘴里塞满吃的，不能说话，鼓着腮应他，然后回过身来将手中一块莲蓉酥塞了他满嘴，眉开眼笑。

宇文赞猝不及防，一时僵在原地，回不过神来。好像唇边刚才掠过她细软白腻的指尖，滑滑的，尖尖的，还沾着糕点的香甜。

"好吃吧？我忘了你是这里的常客，差不多都偷吃遍了吧？"

宇文赞有些无语，只不过为了解她的困才带她来御膳房，为什么现在他倒变成了惯来偷吃的侍卫？但看着她清清亮亮的眼神，笑意仿佛能溢出来，忽然又觉得偶尔做一下小贼也不是很要紧的事。

提篮快装不下了，妧姜才跟着宇文赞蹑手蹑脚地从御膳房出来，一直行到诏狱门口，宇文赞才停下脚步和妧姜告别。

"谢谢你了，不跟我一起进去了吗？"

"诏狱？"宇文赞往窄巷尽头阴暗处看了看，笑着摇头。那种地方，他偶尔去一次已经够了，如非必要，真的不想再踏足。

妧姜看他的神色，心领神会，点头道："衣服洗好我会送还你，可是我怎么找你？怎么送还？"

"你可以去浣衣局交给她们，各宫的衣物都在那里，你说是紫微宫的便行。"

妧姜才想起了这点，她根本无须直接将衣物送给他，让浣衣局转交便可。紫微宫，那可是二皇子居住的宫殿，莫非他是二皇子宇文赞的侍卫？

妧姜想着，转身往诏狱走去。

摩煊大约等了许久，眉目难辨的脸上唯有眼神透着些许审视的意味，语气带着淡淡的不悦："什么时辰了？"

虽然诏狱里既没有更漏也没有日晷，但人体对时辰的判断自有一套，摩煊说出来的话也不客气："该戌正时分了吧，你这是打算给我送夜宵呢？"

妧姜有几分赧然，低头将撞翻食盒的事说了一遍。

摩煊也没有多话，打开食盒看了一下，拿着一只鸡腿在眼前晃了晃，咬了一口："这豆乳小鸡腿不像是织染局膳房能做出来的。"

接着举箸拆那只整鸡："啧啧，还是八宝鸡，好多年没吃了。"

妩姜好奇地看着他，心想此人嘴巴还挺刁，难道他能尝出是哪里做的？

果然听他说道："御膳房的手艺……你撞的那个人是谁？"

妩姜形容了一下，然后答："他不肯告诉我名字，却熟门熟路地带我去御膳房偷吃的，我猜他是哪宫的侍卫，他果然承认了，好像是伺候二皇子的。"

摩煊也不出声，吃完这样吃那样，一直到凉菜炒菜点心都吃了个遍，才慢条斯理地开始清点菜名："琉璃肉，凌波仙子，白梨凤脯，莲蓉蛋酥……都是宫里御膳房的名菜，你真觉得他一名寻常侍卫可以随便带你去御膳房偷吃的？"

"嗯？"

"还常去偷吃，这话只能骗骗你这样的小姑娘。首先，后宫内院不是任何人都能自由出入的地方；其次，御膳房也非管理松散之处，虽然膳食不用通宵值夜看守，但每样菜品糕点摆放都有定数，经常有人偷吃还不被捉个现行，岂不是笑话？你撞的那个人，最初弄脏的一身博衣笼冠，轻帛软缎，显然是贵族衣饰，哪有侍卫可以穿成这样在宫中走动的？他让你洗完交给浣衣局送到紫微宫，那你撞的自然是二皇子宇文赞本人。"

二皇子？宇文赞？妩姜恍惚了片刻，忽然想起她撞人的时候本来就是在诏狱门前那条窄巷中，这么说那个二皇子就是来看摩煊的？

"他是来看你的？你根本不是猜到他的身份，是因为之前他见过你！"

摩煊怔了一下，冷笑："他没来看我，我这种戴罪之身，劳二皇子大驾来做什么？"心中却起了一丝疑念，宇文赞来诏狱做什么？来了诏狱却又不来看自己，难道诏狱中还有谁值得他探望？

三

诏狱门前那条窄巷不可能再通往别的地方，二皇子来了诏狱却没有见摩煊，打的又是什么主意？妧姜发现摩煊的身份越来越成谜，环绕他的一切像重重迷雾，令她看不清其中真容。

不过她只是个小姑娘，想不透就不再去琢磨，便向摩煊提起了今日掖庭令来织染局下的那道令。在她认识的人之中，唯有摩煊学识最高，她虽然没有抱太大的期望，可还是下意识地向他询问。

摩煊听罢，看着她："你也想献计出寿礼？你是为了那份重赏，还是升迁的机会？"

妧姜见他眼中带着几分冰冷的嘲讽，急道："我才不是要博上位，我只是觉得管姑姑愁容满面，想要帮她解决这个困难。"

摩煊审视她片刻，似乎是在判断她话中有几分真诚，沉吟半晌才道："你明日送饭过来时，带一支蜡烛、一块有洞的薄木板、一张白纸过来，我教你怎么做。"

妧姜满头雾水，不明白木板白纸什么的和寿礼有何关系，但她相信摩煊总不至于骗她这个小丫头。听他的口吻，应当不成问题，她多少有几分欢喜。

因这日时辰太晚，摩煊也没有留她再习字背文，两人道别后，妧姜怀着半是疑惑半是欣喜的心情离去。

摩煊看着她离去的背影，仿佛连脚步都比来时轻快了许多，不由得轻轻摇头。这丫头热心单纯，教她此举不知是福是祸。但是想到她眼中的忧色，又轻叹口气，这丫头就是莫名地让人心软。

隔日妧姜活干得特别快，早早去膳房备了食物送去诏狱。

摩煊慢条斯理地吃东西，妧姜也不催他，踮着小脚扒着小铁门，堪堪将脑袋伸了半个进去看他。

以往不曾注意，总觉得他邋遢污秽，蓬头垢面，理应是与生俱来的习惯，可是探头看去，才发觉摩煊吃东西的时候举止优雅舒缓，面前每道菜都是分量均匀地在减少。而且不管是再好吃的菜肴，也不见他过多贪吃，连喝汤都静默无声。

妩姜心中一动，他原本是个很讲究很雅致的人吧？从前一定有良好的修养，才会在落魄到身陷囹圄时也保持着当年的风仪。那么早前从她手中抢提篮的行为，也不过是故意考验她、吓唬她而已。

摩煊似乎发现了自己被注视，提箸的手停在半空，目光朝她投过来，看她一脸呆萌可爱地看着自己，问道："你盯着我干什么？也饿了？"

妩姜却答非所问："摩煊，明天我带点儿水和东西来给你清洗一下吧。"

"为什么？"

"相识这么久，我都不知道你长什么样子呢，你把头发胡须打理一下，让我瞧瞧你的模样。"

摩煊似乎笑了一下："再怎么打理也没用，几年没洗澡，我身上臭得只剩虱子和跳蚤愿意接近了。"

让他洗澡这个难度就大了，妩姜办不到，但是让他洗个脸清理下发须总是可以的。她心里有了这个念头，便开始琢磨起来。

吃完了，摩煊让妩姜吹熄门外廊上的油灯，然后将带孔的小木板竖在囚室内唯一的石桌上，蜡烛立于木板前，然后比了比高度，用饭粒将白纸粘在木板另一端的墙壁上。

这一切他都在黑暗中进行，摆放得居然毫无偏差。

妩姜即使竭力睁大眼也看不清他究竟在做什么，直到他点燃了那支蜡烛，阴暗无光的狱室内才出现了一线光明。

烛火跳动着，妩姜突兀地发现墙上那张白纸，映出了一个清晰的烛焰倒影。她不由自主地张大嘴，眼也越睁越大。

"怎么回事？为什么墙壁上会映出烛焰倒影？"

摩煊缓缓道："这就是你要献给太后的寿礼。"

"啊？"虽然这个烛焰的原理妩姜完全不明白，只觉得很神奇，但是用这么个烛影来猎奇博太后一乐，用作寿礼也太儿戏了吧？

“好好看清楚我是怎么做的，然后去准备吧。”

“可是……太后寿筵，就给她看这个烛影？”

摩煊朝她翻了个白眼，虽然他的五官都被杂乱的须发遮得模糊，眼神还是很清楚明白的，其中的鄙夷之意令妩姜有点儿不服。

她不由得瞪大眼，噘嘴看摩煊，不服之意不言而喻。

摩煊叹了口气：“败给你这小丫头了，举一反三会不会？本朝尊佛重道，太后便笃信佛教，最喜欢的便是各种佛像。可是人人都知道，你们送别人也会送，以你们织染局，能贡上的佛像无论是何材质，应该都不足为奇。所以你要送的必然是别人都送不了的。”

妩姜终于顿悟：“你要我送个能映在墙上的佛像给太后？”

摩煊笑了笑：“去吧，看你还没笨到不可收拾的地步。”

“可是，我觉得那很难呀，毕竟你做出来的倒影是蜡烛，如果我寻个佛像来代替蜡烛，那室内根本就没有光线，我看也映不出佛像来吧？”

“聪明，我可以告诉你这个成像有几点需要注意：一是取代蜡烛的物体一定要自身会发光或者能反光；二是一定要在黑暗无光的密室里才能成像；三是蜡烛越近或白纸越远，得到的像越大，但是清晰度也随之下降。剩下的只能靠你自己了，不要事事都指望我说完。”他边说边移动着蜡烛和带孔的木板，以远近距离来示意他说的原理。

妩姜若有所悟。

摩煊看着她离去的背影，想到她要完成这项任务其实还有许多难以逾越的障碍，但如果她自己不能克服这些困难，事事都来指望他帮忙解决的话，那她永远也不可能成长，何况他也身在牢狱不得自由。又想她如果没有能力完成这次任务，其实也是一件好事，毕竟在这皇宫中，一个单纯的小宫人想要出头是件危险的事。

她能做到什么地步，还是听天由命吧。摩煊轻轻叹了口气。

跟着便到了管樾所定的两日之期，毕竟出谋划策再重要，也需要一段时间执行，她不能给手底下这些宫人更多的时间。

每个人都必须想个主意出来，因此哪怕再没有主意的宫人也都按秩序说出自己这两天思考的结果。自然大部分少女所提建议不是俗不可耐就是不值一提，偶尔还有人献出一些根本不可能实现的主意。

例如，有人提议，春秋时期巧匠鲁班能做木鹊，在天上盘旋三天，若能做出来必得太后大喜。

这主意一提立即被所有宫人齐齐白眼，高芷在底下嘀咕："你干吗不上天去把月亮摘下来？那样太后会更欢喜。也不掂量一下自己能不能办到。"

高芷向来不得人心，但这回的嘀咕倒是得到了宫人们的赞同，底下都窃窃偷笑起来。

管樾也不斥责她们，倒是瞪了那个出主意的宫人一眼，显然她也是一样的看法："这主意可是真好，就交给你去做，太后寿筵前，你做个会飞的木鹊给我瞧瞧，也无须能盘旋三天，盘旋三个时辰就是你的功劳。"

那小宫人本也是道听途说来的故事，哪里可能会做？闻言涨红了脸将头低到胸口，不敢作声。

管樾也无心理她，只重重吐了口气，脸现愁容。

此刻除了灵枢被囚，只剩下高芷、妩姜二人没有出主意。

四

妩姜刚想开口，高芷将她往后一拉，抢在她前头，对管樾微笑："姑姑，我曾看过一本书籍记载，相传西周时文王有百子，寿筵时有人百般思虑，想出奇计，由厨师精制一只大寿桃，中空，内藏九十九只小寿桃，好看好吃。寿筵时命人将大寿桃抬起，那小寿桃自然滚落而出，寓意百子千孙，福寿绵延，同时也有长寿吉祥之兆。"

管樾眼前一亮，这主意果然新颖，而且可施性强："高芷，还是你聪明。"管樾越想越觉得这个主意好，而且所费成本不高，也是织染局力所能及的。

妩姜见她一脸欣喜地带着高芷就打算去向掖庭令回话，忙道："姑姑，我也有个主意，您花费几分钟跟我走一趟行吗？"

管樾一脸疑惑地看着她："什么主意还需要走一趟？"

高芷气愤地瞪着她，就知道这丫头古灵精怪，不知又出些什么主意。

高芷方才就是怕她抢在自己前面出了风头，让管樾连采纳自己意见的机会都没有，才抢着发话的，可还是拦不住她。

管樾跟着妩姜来到大殿最西边，走进连白天都黑黢黢的小耳房，然后掩上了门扉。

管樾一时适应不了这黑暗，皱眉道："妩姜，你带我来看什么呀？完全看不见，也不说先点盏灯。"

"姑姑，点了灯就看不见了。"妩姜边答边打亮火石点燃了蜡烛。

屋内呈现出一幅映在白纸上的倒立烛影，随着那块带孔小板的移动，倒影忽大忽小，影子忽明忽暗。

管樾从来没见过如此奇事，不由得瞪大眼看了良久，才道："这个……这就是你想献的主意？"

"是的，姑姑，您也觉得神奇吧？"

"神奇是神奇，可这烛影最多博太后一时惊奇罢了，也不见得太后会特别高兴吧？何况这倒立的烛影，哪里有什么喜庆祥瑞之意？咱们毕竟是要为太后寿筵献礼物，无论如何也得是有喜气的。”

管樾和妩姜之前的想法一样，但很快她就得到了答案：“姑姑，我这寿礼，叫借佛献佛，我想要献给太后的，不是这个倒立的烛影，而是一尊能映在墙壁上的佛像。”

“这……太异想天开了……”

当管樾带着高芷、妩姜到掖庭令和刘掌司跟前说了她们的提议时，他们的反应和管樾是差不多的，高芷的主意虽然不如妩姜的奇特，但毕竟可施性强，而且成本较低，如此一本万利之事，当然是好。

妩姜的提议则有点儿飘忽，可施性也低，他们虽然在妩姜的再三解说下也同去观看了蜡烛成像之景，可还是不太相信佛像也能映到墙壁上去。

毕竟这个主意要实施起来困难重重，妩姜自己也承认，还没有想到所需的物品。

掖庭令再三思索，道：“妩姜这个主意，太异想天开，还是算了吧。”

管樾还想说什么，被他大袖一挥、脸上冷淡不屑的神色给迫退了几步，只好沉默不语。

接着他和颜悦色地看着高芷：“高芷的这个主意很好，十库六局献上的计策，以你为最，到底出身不同，见识不同，呵呵！”

管樾叹了口气，知道这件事就这么定下了。

刘掌司和她们一同出去，高芷留下和掖庭令详细解说万寿桃的制作。

行至回廊尽头，刘掌司突然停住脚步，并不看妩姜，望着远方道：“许多不可思议之事，在实施之前都是无人相信的，如果你真有把握，就去好好想想吧。”

妩姜睁大眼，刚想问什么，可刘掌司已经去得远了。

以刘掌司平时寡言的个性，似乎这个提醒已经是极限了，她竟然在鼓励妩姜去试一试。

管樾也很是诧异，但思索了片刻，也看着妩姜：“刘掌司的意思你应该明白，她并不全盘否定你的主意，只是大家对你的提议都毫无把握，你自己目前也拿不出个可行的办法来，所以……"

"我明白，我会努力解决一切问题。"妧姜沮丧的情绪又振奋起来，眼中散发着光彩。

"这几日你和高芷都不用干活了，去做你们各自的事吧。"

"多谢管姑姑。"这对于妧姜来说真是意外的惊喜，本来她就愁着时间不够用，这倒方便了。

接下来几天，妧姜总是一个人在织染局庭院边角的小耳房里反复试着摩煊给她看的那个倒影。

果然除了蜡烛、灯笼这些发光的东西，根本无法在白纸上映照出任何影像来。

可是这成像又须得在暗室之中，金银器虽会反光，却无法借光，试到最后，她自己都沮丧起来。

"笃笃笃。"敲门声平稳而有节奏地响起，听来颇有修养。

"谁呀？"妧姜回过神来，看见门被轻轻推开。

宇文赞微笑的脸出现在门口。

虽然屋内很黑，但外头却是晴光潋滟，日光自他背后打进来，将他的鬓发镶上一层淡淡的金色，令他整个人看起来带有柔和的光辉。

妧姜呆了呆，他整个人看起来仿佛会发光一般，如果佛像也跟他一样会散发出光芒来便好了。

"听说你最近一直在尝试做给太后的寿礼？"

"别动，就这样站在那里。"

"嗯？"宇文赞莫名其妙，站在那里看她。

妧姜看了一会儿，自然明白了他身上的光不过是来自日光的照射。

她拨开宇文赞，将木板调整了方向，拿起之前用来试光的银簪对着阳光，果然看见一个模糊不清的影子穿过小孔照射在墙上。

可惜因为倒影需要暗室，而银器需要强光，这点儿微弱的投影即使勉强看出了形状，也实在模糊。

宇文赞之前听说过她的“借佛献佛”，见此情形也明白了些，若有所悟，沉思起来。

妩姜叹了口气，收拾东西道：“太阳快落山了，我也该去送饭了。”

她此时心中想的是回头到诏狱再向摩煊请教一下该怎么解决这些困难。

“我陪你去吧。”

妩姜这才想起摩煊猜测过他的身份，心头莫名地有些紧张：“你……你是二殿下吗？”

宇文赞怔了一下，眼中的意外之色已经暴露了他的秘密。

不必他开口，脸上神色已证实了摩煊的猜测，妩姜迅速跪下施礼：“奴婢参见二殿下。”

宇文赞有些无奈地将她扶起来，好容易见着一个在他面前不用规规矩矩的小姑娘，还是没能瞒得住自己的身份。

“好了，就是怕你知道之后也跟别人一样拘束，真是无趣。”

“您是皇子，奴婢哪敢失礼。”

宇文赞意兴阑珊：“我要人对我毕恭毕敬，还用得着来找你？这宫中不缺对我行礼的人。就是觉得你和别人不一样，天真率性，我才会来找你聊聊天的。”

妩姜一呆：“二殿下您只是……来找奴婢聊天？”

“顺便来看你给我洗的衣服干了没有，这过了几天了，也没人送过去。”

“啊，这几日天气阴湿，衣裳确实才晾干，奴婢给您去取。”

“行了，你再左一个奴婢右一个殿下的，我以后不来你这里了，那身衣服也不要了。”

妩姜见他情绪不好，脸上一贯温文的笑意也淡了下去，才相信他是真的不喜欢自己恭敬疏离的态度，歪着脑袋看他：“那，我该怎么称呼你才好？”

“你叫我阿赞好了，除了在人前，你都可以当作不知道我的身份。”

妩姜“扑哧”一笑：“那二殿……阿赞，我们还能半夜出去……去御膳房偷吃的吗？”

“当然可以，而且我保证无人追究。”宇文赞伸出一只手，尾指竖起，微笑道，“现在咱们可以正式做朋友了吗？”

妩姜咬着下唇，盯着他的小指，迟疑地伸出自己的尾指，却被他一下钩住晃了几下，然后笑容更耀目了。

五

妩姜从诏狱归来后，沮丧的神情被宇文赞看得透透的，他迎上前笑道：“怎么？什么也没问到，失望了？”

妩姜奇怪地看着他：“怎么你还没走？一直在等我？”

他笑而不答。

“你知道我去诏狱做什么了？”

宇文赞低头笑了一下，看着她：“从我听到‘借佛献佛’这一招起，就知道不是你想出来的主意，否则你也不会困在这一步了。”

妩姜鼓起了腮，他这分明就是瞧不起她。

不过想想也不禁有些沮丧，自己不过是个从未见过世面、连书都没读过的小丫头，自然想不出这样出奇制胜的主意来，也难怪宇文赞猜到背后有高人指点。

“指点你的是诏狱里的那个人吧？”

“嗯。”

“他不肯再帮你解决下一步了？”

“嗯。”她无精打采地低下头。

宇文赞望着诏狱的方向，有些出神。果然是他，天纵之才，以奇谋诡计而名扬四海……

“我想，他只是在磨炼你的心志，也在磨炼你的思维。”宇文赞的声音将妩姜从沮丧中拉回，“来，我们继续去试。”

“你陪我？”

“对啊，我们刚成为朋友不是吗？”

在宇文赞的陪伴下，妩姜顿时又来了信心，两个人关在耳房中再三试着。

“除了蜡烛还有什么成功了？”

“灯笼。”

“为什么灯笼可以，银簪不可以？”

“废话，当然是因为灯笼会发光。”

“可是这白纸灯笼里也是一支蜡烛呀，从本质上来讲，这灯笼和蜡烛没区别……”

“停！”妩姜盯着灯笼，喃喃道，“我想到了，灯笼和蜡烛其实都是光源，只要会发光，只要会发光……”她念了两遍，忽然连双目都放出光芒来。

转眼太后寿辰，阖宫上下张灯结彩，锦绣辉煌，连喜气都传到了一贯冷清的掖庭来，膳食比以往好了许多，非年非节的还每人多添了套成衣。这自然也与掖庭令期待着被太后赏识重用的激动心情有关。

隆重的寿筵开席，贺寿的官员次第入宫请安拜寿，寿筵设于太极殿，络绎不绝的贺客敬献上各色奇珍异宝，单是接寿礼、记寿礼、念礼单的太监就有六人，各色寿礼更是堆得耀目生花。

太后叱奴氏高坐殿中，银发凤冠，脸若银盘，虽然年过半百，依然颇具风韵。

今日寿筵喜庆，她脸上带着温暖的笑意，目光随意掠过那一件件递到跟前过目的寿礼，貌似欢喜，其实未曾在任何礼物上流连片刻。

“掖庭令钱积纬贡上寿礼——百寿桃。”司礼太监拖着长长的腔。

跟着附上献礼者钱积纬的阿谀贺词一长串：“恭贺太后千秋华诞，南山同寿，天保九如，福泽无疆……”滔滔不绝地念了一大段，陡然发现叱奴太后含笑颔首之后已将目光从寿桃上移开，分明是不过如是的表情。

寿桃确实做得十分庞大，由四个人抬着，色泽鲜艳，香气扑鼻，但除此之外也无特殊之处了，相比其余官员所贡礼物，新奇贵重皆不及。

钱积纬微笑道：“太后，这百寿桃之所以前头有个百字，内有玄机。”跟着一使眼色，即刻有人上前小心翼翼地将大寿桃抬起。

跟着中空的寿桃中堆积整齐的九十九只小寿桃滚落在寿礼托盘中。

“这百寿桃意寓百子百孙，散福子孙，福寿无疆。”

钱积纬偷瞄叱奴太后神色，果然见她面上笑颜泛开，欣喜之情溢于言表。

“这个很好，我很喜欢，是花了心思的寿礼。不像那些，虽说是金银翡翠地堆砌着，终究不及有心人的心思啊。”

周帝宇文邕位于叱奴太后右手边，见太后欣喜，素来威严的脸上也跟着露出笑意来。

钱积纬见了太后和皇帝脸色，知道这次准备的是差不多如了太后的意了，正心里窃喜，却见刘掌司款步过来，施了一礼，恭声贺寿。

叱奴太后当然甚少接见刘掌司这类匠作的女官，因此心里也稍稍惊讶了一下，但又觉得自己寿筵，百官都赶来朝贺拍马套近乎，刘掌司到底也是织染局身份不低的女官，前来道贺也只是为了沾点儿喜气吧。

谁知接着便听她道：“奴是奉掖庭令钱大人之命，为太后您老人家贡上贺寿礼。”

叱奴太后和宇文邕都怔在那里，连钱积纬本人也瞪大眼如坠云雾，完全不明白她这唱的是哪出戏。

“之前的贺礼是十库六局齐向太后献上的贺礼，现在这件才是钱大人自己花费心思要献给太后的惊喜。”

钱积纬完全不知道说什么才好，可当此情景，太后皇帝都在上座，朝中百官都已列席，虽然没有万众瞩目，可也有很多细心的人已经注意到这里的气氛异常，朝这边张望过来，他根本没有反驳的机会，只能跟着附和地干笑。

“只是这贺礼有些特殊，能容奴向太后近前细禀吗？”

“准。”还没等宇文邕反应过来，叱奴太后已经应允了，她的好奇心被勾了起来。

刘掌司上前耳语了片刻，叱奴太后脸上渐渐流露出讶异之色，甚至有些不可置信。

刘掌司怀着忐忑的心情垂首侍立了一会儿之后，听到太后开口吩咐，命人将殿门合上，熄灭所有灯火。

虽然所有人都对此表示不解，但谁也不能违背太后意愿，连宇文邕也不敢多说什么。

时值华灯初上，殿内殿外灯火一熄灭，对黑暗的不适应瞬间令所有人目不能视物。

跟着殿内就响起轻微的脚步声、窸窣声、开门关门声，每个人都莫名其妙，不知道到底是什么人居然敢在此刻发出声响来。

但是不过片刻，殿内一面墙壁上凭空出现一尊高大的金光佛像，光晕发散，形象清晰，似乎连慈悲祥和的眉目都清晰可辨。

原本殿内了无声息，可突然之间，所有人不约而同地发出了低低的惊呼声，满殿震惊。

叱奴太后虽有心理准备，但也被这猝不及防的佛像给震慑住了。

“太后、陛下，本朝向来礼敬佛教，此乃天降祥瑞，连佛祖都为太后华诞降下福祉啊！”

不知是谁当先说一句，跟着贺词如潮，满殿恭祝之词不绝于耳。

直到灯火都点亮后，宇文邕和叱奴太后还在为刚才那一幕惊奇不已，问起钱积纬，他支吾了一下，解释道：“其实……其实这虽是臣的贺礼，但一切操办事宜，都是由织染局宫人妩姜来执行的。”他倒是想完全居功归己，却无法圆满解释这佛像成因，只能说了实话。其实他心中也是震惊不已，当初以为妩姜的计策必定失败，没想到竟然成功了，而且一举震惊了满殿君臣。

宇文邕锐利的目光透过珠旒，看得钱积纬十分不自在，他赔着笑，道：“要不然咱们把妩姜唤进来解说一下？”

宇文邕微一颔首，便有人打开殿门，迎进了数人。

当先的居然是二皇子宇文赟，并排跟在他身后的是妩姜和一个少年侍卫，正是柳述。

三个人进殿施礼恭贺，然后宇文赟简略解释了一下他们合力准备的礼物——借佛献佛成像的原理。

一尊硕大的水玉佛像中间掏空，在中空处燃上灯火，倒悬后通过大殿窗上小孔射入正殿形成佛像。水玉本身透明度高，被火光照映后形成巨大的发光佛像，宇文赞负责在窗上留下小孔，而悬空放置佛像的事由柳述完成，毕竟那么高大的佛像重达数十斤，凌空出现可不是妩姜能办到的，因此宇文赞找了殿前侍卫柳述帮忙。

第五章
选拔比试

一

满殿群臣即便听宇文赟讲解了一下成像原理，依然觉得如坠云雾，很是不可思议。但此寿礼竟然还有皇子牵涉在内，那阿谀之词更是如潮涌至，不过心里也确实佩服。

叱奴太后又惊奇又欢喜，看着妩姜赞不绝口，呵呵笑着当场就给予了重赏。只是她毕竟是个小姑娘，年纪又小，太后思量一下，也无甚官职可以封她，只能赐些珠玉奇珍缎帛之类。

这些玩意儿对于文武官员来说虽不足为奇，但太后的赏识也够他们羡慕嫉妒了。

群臣之中，随国公杨坚的目光紧紧跟着妩姜，手在袖底微微颤抖，眼中神色复杂。是我的女儿吧？是她……真的是她，都长这么大了……还是在那么小的时候，借进宫之机偷偷去掖庭看过她，那么小便干着那样粗重的活，连府上的丫鬟都不会干的……

杨坚思绪万千，被妩姜拜谢太后赏赐的声音唤醒，她的声音清脆悦耳，尚带稚嫩。我的女儿，长大了啊，还这么聪明好看……杨坚忽然想到一个严重的问题，妩姜大出风头，倘若引起了周帝的注意，那可如何是好？

杨坚不由自主地抬眼偷瞄宇文邕，却发觉周帝向来沉晦不明的神色居然带着几分愉悦，锐利的眼神也带着几分赞赏之意，显然是因为妩姜取悦了太后而欣赏她的智慧。杨坚这才放下心来。

毕竟时隔十年，宇文邕早忘了十年前被预言的那个三岁小儿，即便有人旧事重提，只怕他也不如当年那样忌讳了，毕竟人是善忘的，当时的情绪，经过这么多年，也该冲淡了。

太后寿诞之后，掖庭令钱积纬果然得到了丰厚的奖赏，虽然还未如他所期望的立即晋升，但看来已深获周帝欢心。

钱积纬大为得意，居然驾临织染局，说要给妩姜重赏。

管樾将妩姜叫过来的时候，她还懵懵懂懂，满手的草木灰尚未擦净。庭院里干活的宫人众多，虽然不关她们的事，手里的活计也不敢停下，可耳朵全都支棱着偷听呢，高芷清楚分明地听到钱积纬和颜悦色地问及她想要什么礼物，心里一阵嫉妒。

在大殿上，高芷的礼物刚蒙获太后欢心，可转瞬之间风头便被妩姜压过，她当时虽因地位低微不能到场，可事后这些事在宫中早就传开了，她听闻之后一直嫉恨不已，思索着凭什么妩姜能做到借佛献佛那么玄的事，后来想了许久，越发肯定妩姜背后应当是有高人指点。凭那个小丫头，书都没读过，大字不识几个，怎么想得出如此绝妙的主意?

妩姜面对突如其来的掖庭令赏赐，倒是愣怔了片刻。之前在殿前已得叱奴太后赏赐，她并没有想到掖庭令还有额外的奖赏。她自幼在掖庭长大，心思单纯，对那些贵重之物本就没有欲求之念，太后的一堆赏赐她还觉得贵重无用，回来便将所有缎帛赠给织染局的姐妹们做成衣，现在又问她想要什么，她心里倒是犯难。

忽然灵光一闪，妩姜想到了被禁足的灵枢，忙道："钱大人，像我这样的小奴婢也无福消受更多赏赐，只求大人能将灵枢姐姐从暴室狱释出来，妩姜感激不尽。"

"哦？"钱积纬颇感意外，他还没见过哪个奴婢不稀罕赏赐的。

"钱大人，灵枢姐姐被关押这么久，定已知错，以后再也不会犯同样的错了。"

"嗯。"钱积纬想了想，转脸问管樾，"灵枢那丫头，关押多久了？"

"回大人，一个多月了。"管樾小心翼翼地看他一眼，又补了一句，"灵枢其实……平时挺忠厚的，想来那次犯错也是一时糊涂。"

钱积纬点了点头："也好，不过这可是你自己放弃赏赐的。"他朝妩姜呵呵一笑，"小丫头有点儿意思。"转身拂袖便去了。

管樾拍了拍妩姜的肩："居功而不自傲，你做得很好。回去好好干活吧，以你的聪慧和度量，将来会超过姑姑的。"

妧姜难得看到管樾如此云淡风轻的微笑，又得到如此褒奖，很是意外，应了一声便转身回庭院去了。

走了没几步，看见高芷停下手中脱丝的活，阴冷的眼神没有一丝善意，从她身上一扫而过。

妧姜毫不在意地笑笑。

妧姜当晚提着一篮丰盛的食物去看摩煊，篮子里备了把薄薄的刀片和木梳，另外还带了一桶水。

摩煊打开提篮时怔了好一会儿，才拿起闪着寒光的刀片盯着出神。

“你知不知道，如果宇文邕知道你带这样的凶器给我，会治你什么罪？”

妧姜愣了一会儿，才想起他本是个危险人物，但仍然微笑道：“我才不相信你会拿它做什么，这么小一把刀片能干……”

寒光一闪，妧姜还没来得及说话，便看见刀刃穿过门上方孔，轻轻落在她颈边，她根本连躲避的意识都没来得及闪现。

“你还觉得我拿着它不能做什么吗？”他的声音轻缓平淡，不带丝毫感情。

妧姜被瞬间的变化惊了一下，但看着他深不见底的眼眸，却渐渐平静下来：“你不会伤我的。”

“为什么？”

“因为你要杀我，用不着它啊。”妧姜一笑，笑容纯真无瑕，长长的睫毛下瞳仁灵动得像黑玉葡萄，散发着柔和的光芒，圆润的脸颊粉嫩得让人想掐一把。

摩煊的手动了动，执着刀片缩了回去，然后换一只手伸过来真的在她脸上捏了一把，看她的眼神带着笑意：“傻孩子，什么人都信。”

妧姜鼓起腮：“我已经十三岁了！”

“十三岁，那不是孩子是什么？”他似乎更觉得好笑，也没有再和她争辩这个问题，就着她送来的水和布洗了脸和头发，一桶水瞬间便黑了。

“瞧你多脏，我以后应该多带水来给你洗漱。”

摩煊笑了笑："你是不是受不了我身上的味道了？"

"我只是好奇，想看看你长什么样。"

摩煊的手停顿一下，扫了她一眼，然后拿起梳子开始慢慢梳头，他的头发胡须一片凌乱，数年未清理早就纠结成团，梳起来很是费力，打结处常常都要用力拉拽。

妩姜趴在小门上看着他，越发觉得他连做这些动作都很优雅，出身必定很不寻常。她忍不住又问："你到底是什么人？"

摩煊如从前一样，并不回答，只是不疾不徐、动作轻缓地理着乱发，直到将乱发梳顺了，绾了个发髻，拿妩姜带来的木簪固定了，开始剃须。

对于摩煊的缄口不言，妩姜其实早有心理准备，只是仍有几分小小的失落。从前他很少理自己，不回答也是正常，可现在这么熟了，他依然如此神秘。

"小妩姜，有些事你知道得太多并没有好处。"

妩姜有些懵懂地听着，隐约觉得他不告诉自己，其实是为了保护自己。

摩煊终于清理完了他的须发，转过脸来。

二

看见他的脸，妩姜陡然呆了一呆，一时竟说不出话来。

果然和她猜的差不多，摩煊看来也不过是个少年模样，至多比柳述大一两岁，大约因为常年被关押在阴暗潮湿的诏狱，本就白净的脸庞看来有几分像苍白的玉石，五官明皙，竟是异常俊朗。

“看呆了？”

“不是……”妩姜迟疑片刻，“我记得初见你时，满脸血污凝固在脸上……我以为……以为你脸上全是伤……”

他笑了笑：“他们打人不打脸，或许是留着我这张脸还有点儿什么用。当时我身上全是伤，血污难免溅得满脸满身都是，大约很难看吧？”

“嗯。”妩姜点了点头，忙又摇头，“你现在这样子，很好看。”

摩煊似乎不在意她的称赞，只淡淡笑了一下，在石桌前坐下，开始把提篮里的食物往外拿。

红烧狮子头、醋熘鲫鱼、炒三丝、蛋黄豆羹……看来真是挺丰盛的，虽说他的饮食向来温饱无忧，但非年非节的荤素搭配，还色香味俱全，必定是有什么喜事。他扫了妩姜一眼：“昨日太后生辰，我教你的那招大放异彩吧？”

“嗯，你怎么知道我成功了？”

他淡淡一笑：“如果你智商有欠，我即使教你再多也无用，所以最终还是要靠你自己。至于我怎么看出来的——”他指了指桌上的菜，“若非你得了赏赐，我是吃不上这些的。”

妩姜为掖庭立了大功，连膳房都知掖庭令对她另眼相看，她难得要求做几道好菜，自然不会拒绝。

“这是我为了感谢你，特意让膳房做的，还真是什么都瞒不过你。”妩姜嘟了嘟嘴，这人真是的，心里明镜似的，在他面前一点儿惊喜也没有。

“不要感谢我，要去好好感谢帮你的人。”

“你怎么知道有人帮我？”他又知道了？妩姜颇不服气，“若是我说无人相帮呢？”

“就凭你，只能想出主意来，要落实成寿礼，非得有人相帮不可，只那倒立的佛像，你一个人就解决不了。”

“那你猜猜帮我的人是谁？”

“宇文赟是少不了的。”

“为什么？”

摩煊瞥她一眼，那眼神简直让妩姜觉得自己就是他说的“智商有欠”，她不由得微低下头去。

“凡事少问为什么，多思考。”

“噢。”妩姜无精打采地应了一声，以为不会得到答案了。

谁知他继续说道：“没有宇文赟，你连在太极殿窗上弄个小孔都办不到吧？”

妩姜有几分尴尬，只能点头。太极殿为贺叱奴太后大寿，里外均戒备森严，她在没有得到掖庭令允许的情况下要献这个意外的寿礼，势必要在窗纸上钻个小洞，这事说来简单，仅凭她自己还真办不到。

“偌大一个中空佛像，少说数十斤，要倒置悬空，肯定也不是你能办到的。”

妩姜刚想开口，听到他下一句：“所以应该是柳述帮你的。”

妩姜半张的嘴好容易才合拢，这下是真的完全说不出话来了。

过了好半天，她突然生出一个疑问：“你早知道柳述是殿前侍卫？”

摩煊看着她，没有答话，一脸“你以为呢”的神情。

“你是怎么和他相识的？”妩姜疑惑，虽然柳述一直隐瞒自己的身份，但之前听宇文赟说过，柳述祖父因廉洁耿直，在北周孝闵帝时颇受重用，柳述的父亲柳机受宇文邕赏识而任少纳言，因此柳述入仕起点便高，任皇子亲卫。这样的人居然会和一个身份不明的死囚扯上关系，实在是件很奇怪的事情。

“这不是你该关心的事。”

又是秘密，跟柳述的口气没两样，妩姜气恼地瞪他一眼。

“快去感谢帮你的人吧，尤其是宇文赞。”

妩姜想问为什么，但还是忍住了，想了想也明白，想要在这宫中立足，和二皇子搞好关系应该是至关重要的。虽然她并不想攀龙附凤，但是宇文赞是个不错的朋友，值得一交。

不几日，刘掌司来织染局巡查，将众宫人召集起来，四顾一下，看向妩姜的目光不经意地顿了一下，然后道：“太后见了掖庭所贡寿礼格外欢喜，又言御膳房、御茶司、太医署、奉香殿四司人手缺乏，正逢选拔之期，特准掖庭内十六岁以下的少女参选四司学员。”

四司学员？少女们在底下悄悄地互视，都从对方眼中看到了光彩。

御膳房、御茶司、太医署、奉香殿四司可不比掖庭六司，考入四司，等于踏上了一条步入青云的道路，可以脱离掖庭罪奴身份，正式进入后宫，有机会当选女官，甚至还有机会接触皇族，对于想借此攀龙附凤的少女们正是天大的契机。

“努力吧，每个人都有机会。”刘掌司淡淡说了一句。

不几日，四司教习亲入掖庭挑选，凡十六岁以下少女被齐集至掖庭上善殿比试。

比试分四场，四司教习出一场题试，各把一轮关，每场可留四个人，但到最后计分相加，前四名才可以留下成为学员。

比赛旋即开始，计分规则为五分制，首场比试为御膳房教习秦瑞主考，出的题很简单，每人各做一道菜，以色、香、味来评品，要求颜色搭配协调，香浓味正。

听起来随手做道家常菜也能参赛，但是私底下大家都知道秦瑞是个性情古怪的厨师，要求格外苛刻。

他身为御膳房司膳，自身的厨艺自然登峰造极，但性情暴躁，毫无耐心，因此御膳房厨师虽多，能得他点一下头的却很少，而且他从不收徒，能得到他指点一二的厨师就已经十分幸运。这次难得他亲自主考，听闻只要被他亲自点中的，就能成为他唯一的弟子。

少女们大多自幼进掖庭干粗活，没什么机会进膳房，厨艺大多不精，因此虽然为难，但左看右看，都觉得别人也不过如此，所以也不太担心，各人报上自己需要的选料、调料，然后着手准备，一个时辰后比试开始。

高芷金枝玉叶出身，当然什么菜都不会做，但她自幼读书多，见识也多，眼珠转了转，计上心来。

高芷动手很快，没多久，她第一个交上菜品，名为“丹心银苗”，是一朵摆排成菊花形状的冷菜，中心是堆成一簇的红色尖椒。她对于炒煮烹都不在行，但是冷菜只要将食材拌好摆盘便可，她心灵手巧，将细白如手指的银苗菜摆成一朵活色生香的菊花，看着色香俱全，只是不知道味道如何。

其余少女看着高芷交上的菜品都是又妒又急，她们都没高芷反应敏捷，居然想到要做冷菜。毕竟相比炒菜炖菜，冷菜容易出的错要少得多，看她们面前的小炒锅里，有的焦黑一团，有的已经成了糊糊，秦瑞走过时瞄都不瞄一眼，只是眼角余光扫到时冷哼一声，满脸不屑。

看到高芷递上的菜品，秦瑞慢条斯理地夹起一筷子尝了一下，然后又是一声哼，脸上的不屑并没有多大改变，但也没有如有些少女心中期望的那样吐出来。

秦瑞的一些习性高芷之前就打听过，想要在他脸上看到好脸色是不可能的，只要没有“呸”一声吐出来就算是勉强过关了。秦瑞是北方人，性喜辣，所以她特意做了这道泡椒银苗菜，因为泡椒的辛辣，其实某种程度上影响了人的味觉，对于菜的咸、淡、甜、酸这些感觉就会削弱，而且银苗菜是不需要炒熟的，所以不用担心会焦、会烂或者半生不熟。

紧接着又有人呈上菜品，果然秦瑞只浅尝一口便“呸”了一声：“这是给人吃的吗？”

接着高芷傲然环顾，看见妩姜刚用水、白糖、蜂蜜、桂花、花生油、饴糖等搅拌成浆，正打算下锅，不由得冷笑，心想这丫头三岁入掖庭，哪有机会学什么做菜，这是打算献丑了吧？炸出来的不知道是黑糊糊，还是一锅什么。

少女们陆续交上自己的菜品，绝大多数惨不忍睹，高芷越发得意。

但没多会儿，她便笑不出来了，她发现有个面目陌生的少女呈上了一盘面点，外形看上去像是一只只饺子成排摆成新月状，月牙尖上还端坐着一只用白萝卜雕刻的小兔子，捧着胡萝卜在啃，看上去十分可爱。那些饺子表皮金黄酥香，根本看不出里面到底是什么，只是远远闻到刚起锅的油炸香味，引得大家纷纷注目。

三

那少女生得也是颀长秀丽，捧着盘子步履轻盈地上前，看起来仪态端庄，像个大家闺秀，站在掖庭少女中鹤立鸡群。之所以刚才没有引人注目，是因为她站得十分偏僻，在大殿最角落的地方，根本无人注意。

只听她轻柔动听的声音道："司膳大人，小女这道菜叫广寒玉兔。"

高芷听到少女们窃窃私语的声音："咦，怎么多出这么个人，她可不是我们掖庭哪个司的吧？"

"哎，你不认识就对了，这是钱大人的侄女钱辰玉，我也是今儿才听说的。"

高芷大惊，掖庭令的侄女？那岂不是稳操胜券？不说钱大人有没有提前招呼四司教习，单是看这少女的手艺，就远非她们这些人可比。

果然，秦瑞微眯眼夹起一只煎饺咬了一口："菜盒子？甘蓝、韭菜、炸豆腐、香菇、肉末、笋丁……嗯，花了点儿心思啊。"

高芷心下凉了半截，看来这四司中御膳房是进不去了。

却听秦瑞又说了一句："火候还是拿捏得不行，香菇、笋丁、肉末应该淋香油先炒熟。"

钱辰玉微笑应声："司膳大人指教的是，还望能得到大人更多点拨。"

秦瑞便掀了眼帘又点评一句："归根究底食物是给人吃的，不是拿来看的，表面上花团锦簇是好看，真正的滋味到了嘴里才知道。"

高芷和钱辰玉之前多少都了解他的禀性，对于他的挑剔并不意外。

"大家都好了吗？"监管面试的太监面无表情地发问。

"等一等，我还没好。"

少女们循声看去，见妩姜不知道在搞什么，面前也没什么食材，刚才捣鼓的那团面也不知道哪去了，都纳闷起来。

秦瑞脸上也有疑问之色，却听妩姜解释道："司膳大人，我在醒发面团。"

也是做面点？高芷却冷笑了，可惜有钱辰玉珠玉在前，看你如何献丑。

秦瑞倒是没有说什么，挥一下手："本场比试说过不设时限，不愿意候着的便散去。"

话是这么说，但每个参赛少女都巴巴候着比试结果，谁肯离去？

接着便都盯着妩姜，看她将醒好的面团揪成小团，开始压成纸状薄片，少女都有些纳闷，心想这是打算擀饺子皮呢？可是也没看见饺子馅啊。

妩姜不紧不慢地将花生油炼好，再加入香油，然后将面片油炸、翻动。

最终所有面片炸熟起锅，开始摆盘。初看只是一堆堆卷了边的面片而已，可是在她的摆布之下，居然渐渐成形，变成一朵洁白硕大的芍药。最后贴合芍药平放一片绿色茎叶，看上去就是一朵完美的花。

"司膳大人，这道菜叫白玉芍药。"

"名字太寻常。"秦瑞点评了一句，开始品尝，"麻糖酥香，蜂蜜甜而不腻，颜色搭配还算和谐。"

高芷和钱辰玉的面色都有些不好看，秦瑞口中竟然没有一句点评是批判的。

"最难得的还是这面皮儿擀得薄如纸，均匀不破。"

当日的比试结束，毫无疑问，妩姜得了四分半，高芷和辰玉各四分。至于为什么会出来个半分，秦瑞说扣的是取名的分……

次日举行的是太医署比试。

这次倒是没有考她们的技能，毕竟对于掖庭少女来说，大多都是识字不多的，接触医理知识的可能性更低，因此直接考的就是慢工出细活。

考题是通过对几味药材的色、形、味、状半个时辰的学习，然后从满满一大竹匾药材中将六味药材准确迅速地分开，限时半个时辰，超过半个时辰的淘汰，顺利完成任务的，以准确率和速度综合评分。

这项考的是记忆力、判断力和手的灵活程度，这些都不是书本上的知识，靠的是天赋，而且看来没有任何人有基础。

经过半个时辰的统一学习，少女们在一声令下后迅速忙碌起来，一双双白净秀美的手在堆得尖尖的竹匾中宛如蝴蝶般穿梭，药材被分门别类地投入竹匾下的六只小篓内。因时间紧迫，根本无人有余暇去察看别人的进度。

日晷的影子一点点移动着，终于有人开始交差。

“时辰到！”执令太监一声断喝，正在忙碌的手都停下来，脸色非常难看。还有个别犹自想趁机再拣几样的被前去收篓的太监一尺子下去抽中手背，疼得几乎要跳起来。

太医署监管考试的是司药丞马敬远，他捋着三缕长须慢慢穿过人群，坐在一张长条案前，有太监将第一批按时完成任务的药篓呈上，他不紧不慢地在药篓中拨拉，随时将点选错误的药材拣出扔在一旁。

就在少女们怀着忐忑的心情猜测他会怎样判断错误率时，就见他已经检视好了六篓药材，一指一旁分错的药材道：“去上秤。”

“禀大人，六味药材共计六斤，选拣错误的四两六钱。”

马敬远点一下头：“是谁拣的，耗时多久，记录。”

有太监应声记录下来，这是钱辰玉的成绩，耗时最短。

接着是第二个完成任务的，妩姜。

马敬远也是迅速地检视好药材让太监上秤，选拣错误的一两三钱。他很意外地扬了扬眉没有说话。这最终结果虽然还不知道，但是辰玉虽稍快，妩姜的精准率显然更高，看起来应该难分高下。

第三个是灵枢，她的动作看起来并不快，但在不经意间便完成了任务。马敬远在她的篓中翻查了半天，一句话也没有说，只是流露出一丝诧异。

妩姜和高芷却都心知肚明，身为太医令的女儿，灵枢对药材的熟识是有着天生优势的。

第四个是高芷，她毕竟很少干活，平时也是以偷懒为主，手指灵活度不如妩姜，但精准率还算不错，拣错的二两五钱。

接下来的几个人，成绩都比她们差得远，虽然按时完成任务，想来也会被淘汰。

最终评分，灵枢五分，妩姜又是四分半，高芷四分，钱辰玉三分半。

四

钱辰玉有些不服，越众而出：“马大人，明明是我最先完成任务，为何我的分反而最低？”

马敬远看都不看她，淡淡道：“我知道你是钱大人的侄女，但是司药一职，最重要的是责任心，精准率越高，所犯的错才会越少，须知我们要管的可是人命，手上速度再快，也抵不过你错误一次。”

钱辰玉气得瞋目切齿，高芷不由得幸灾乐祸地看着她。

第三日御茶司比试的是烹茶一道，烹的是茶饼。当时饮茶都是将茶饼研碎煮沸，掖庭少女们虽然没学过，但民间烹茶一道是人人皆知的，她们想不明白这么简单的事有什么好比试的，于是面面相觑，看别人脸上神情都是茫然的，渐渐也安定下来，各人开始研茶饼，扇火煮茶。

别人都在研茶饼，高芷却将茶饼掰取小块放入壶中，然后取釜中水少量倾入茶壶，轻摇几圈，迅速将茶汤沥出，然后才将壶中茶饼倒入釜中。釜中茶水交融，水沸时出现沫饽，她以勺将之轻轻舀出，置于茶盂中继续烧煮。待茶三沸后，将沫饽倾入釜中。

她做过公主，对茶道自然十分讲究，道道工序都很标准，比之那些只知道将茶饼扔进沸水里煮熟的，自然不可相提并论。

尚茶司元世福品完高芷的茶点了点头，拿起第二杯细品，然后停下来抬头：“这是谁的？”

“大人，是我的。”灵枢上前拜下。

“这里面加了什么？”

“我听大人偶有咳嗽，加了些罗汉果、菊花，可清热祛痰。”

元世福点点头，然后叹了口气：“你精通药理，匠心独具，但这茶烹得一般了点儿。”

灵枢也不敢答话，她自知并不像高芷那样精通这些，所以才出了这个点子想要出奇制胜。

钱辰玉则在茶汤水初沸时加少许盐，二沸时以竹筴环形击打汤心，然后再倒入茶沫，然后至三沸。她与高芷的区别，就是一个加了盐，一个则滤了茶沫再倾入。

元世福各品了一口，然后点头："各有所长。"

轮到妩姜的茶时，每个人脸上都带着稀奇的神色。

和所有的掖庭少女一样，妩姜不会烹茶，也不像灵枢那样懂得利用药性，她烹的茶之前就让人觉得奇怪，只见她一会儿加葱末，一会儿加姜，一会儿加枣，乱七八糟像做菜一样，然后烹出的茶沸了许久才奉上。

元世福饮了一口，皱起眉来，犹豫片刻再饮两口，然后看着妩姜："这是谁教你的方法？"

妩姜垂头："是旧日一位朋友。"她自然不敢说是之前摩煊教她识字读书时偶然说起的。

"姜、葱、橘皮、薄荷、茱萸、枣、盐……这是《广雅》里记载的荆巴之地的烹茶之法，当地人民以茶代食，才会烹出这样的茶汤来。但是宫中品茶，以雅为上品，这种烹茶法，更适用于民间。"

之前的比试，妩姜都成绩不俗，这回搞出这稀奇古怪的茶汤来，又听元世福的评价似乎不高，余下少女都有些幸灾乐祸。

但到最后计分下来，妩姜仍是得了四分，和灵枢并列，高芷和辰玉各四分半。

元世福认为高芷、钱辰玉对烹茶一道颇有了解，妩姜也算是正宗的烹茶方法，只是不太适用于宫廷，灵枢则很用心，所以给出的分数都不低。

最后一场比试是奉香殿教习乔尔雅主试，比试的是直接用提供的多种香料调出一味香来。每种香料前面都写了香料的名称、特性、取材，考虑到许多少女识字不多，乔尔雅还亲自讲述了一遍，然后看着她们调香。

相比其他三项，少女们对于调香这种非富即贵之人才能接触的事更是一窍不通，大约除了高芷和辰玉，根本无人懂香料。

但是她们并不介意，毕竟奉香殿相较其余三司可谓是清水衙门，而且调香难精，又非日常生活必需之物，很难博得上位。因此奉香殿数十年来人才凋零，没有人属意于此。

高芷做公主时使用香料虽多，却不曾自己调配过，也甚少涉猎这类典藏，她眉头一皱，一一细看香料详单，逐一闻过。到底调香再不吸引人，此时也属于四轮比试中的一场，不能在比分上输给别人，可她看着这些香料，心里完全没底，只能努力摆出不怯场的神态来。

灵枢也不懂调香，但香料中许多与药材同源，药性相克，香性必也相冲，她仔细看过去，心中已有计较，然后借垂下头的机会，悄悄对妩姜低语了几句。

比试中虽然都距离很近，但谁也不会与周遭人说话，自顾尚且不暇，也都知道别人不可能指点自己，更不会去询问。因此虽然有人看见了她们说话，也没有放在心上，根本想不到灵枢会借机指点妩姜香料香性。

高芷调的是一味熏衣香，乔尔雅闻了一下之后皱眉道："这丁香、零陵香用得都不错，熏衣驱虫，但莪术用量过大，难道你没留心这味香是破血去瘀的吗？这等香料在皇宫最是禁忌，用量绝不可超。"

高芷闻言，吓得脸都白了，没敢多言语。

辰玉调的是一味悬挂于香车的香熏香，乔尔雅细细辨别一下，看了她一眼："这苏合香、沉香、片速，香气如此浓郁，你是以火炙烤过，再趁热撒了冰片的吧？"

辰玉轻轻点头。

"这种方法制香，香气尤为浓郁，却失了沉香、片速的天然雅味。这种香……"乔尔雅轻轻地摇了摇头，但她修养极佳，即便是看不上的，也没有口出恶言，唯有尾音袅袅，未尽之意皆在其中。

灵枢制的是一味春日熏香，乔尔雅评辨片刻，道："平平无奇，里头若再加蜂蜜制成膏子，便可封存备用，这味香制得勉强过关。"

妩姜制的也是一味衣香，白檀、丁香、甘松、零陵香、茴香、辛夷，配方其实与高芷的相差不了太多，但莪术却换成茴香、辛夷，性温散寒，要适宜得多。

乔尔雅轻轻点头："你懂香吗？"

妩姜很老实地摇头，这些是灵枢教的，但她自己制的香却被称平平无奇。

乔尔雅没有追问，只微微一笑："你想学制香吗？"

妩姜迟疑片刻，摇了摇头，从乔尔雅眼中看到了一丝失望。

这下不只高芷和辰玉，连另一些幸灾乐祸的少女也都在暗中偷笑妩姜发傻，明明乔尔雅对她很满意，哪怕不愿制香也先得个好感再说，结果她竟然直接拒绝了教习的示好，这回分可不会高了。

但最后评分下来却令人瞠目，妩姜依旧是最高，灵枢次之。

最终结局意料之中，妩姜、辰玉、高芷、灵枢入选，前往四司修习技艺。

第六章 奉香之路

一

进入四司在所有掖庭少女眼中无疑是踏上了一条登天道，但很快四司教习的地狱式训练就令幸运入选的四个人笑不出来了。

每日除了三餐与睡觉，她们所有的时间都是由四司教习轮流分配，根本连休息的时间也没有。

四司修习中，妩姜最喜欢御膳，当然这与她爱吃的本性不无关系。馋倒是给她带来了意想不到的方便，为了琢磨怎么吃，吃什么新鲜菜品，她无时无刻不在思索这些，因此进步很快。

高芷对于御膳却没多大兴趣，她自己曾贵为公主，虽然对吃也比较讲究，但只限于吃而已，真正下了厨，整天和油烟柴火打交道是她非常厌恶的事。

相比之下辰玉却努力得多，她虽然出身不差，但还没高贵到公主的地步，知道自己能有今日的这个机缘完全是叔父帮自己争取来的，但并不代表一步登天，她牢牢记得叔父当初对自己的告诫，一入宫门深似海，这之后所有的一切都要靠自己，在宫中区区一个掖庭令实在算不了什么。

秦瑞的要求是每人每天至少要学会一道菜品，听起来容易，但很快她们便知道，在秦瑞面前哪怕只是炒一道青菜茄子都不是容易的事。更何况他所谓的学会，可不是油盐下锅，炒熟便行，哪怕火候差一点儿，都是少不了责罚的。

秦瑞惩罚人的方式也很独特，他认为厨师的手是相当重要的，绝不能打；嘴也是相当重要的，舌头决定了厨师的命运，所以也是不能掌嘴的；这四名学徒又是少女，打屁股也太不文雅，所以他每天的惩罚便是只要学徒们做出来的菜他认为不合格，就自己吃下去。再不合格，再吃，一直吃到他认为满意为止。

初时吃一盘菜还不算什么，可每天他要是不满意个七八回，这一天就不用进食了，光是那些失败的菜品就能让她们吃到吐，再到后来，她们几乎见到秦瑞就会头皮发麻，连舌根都抽筋。

妩姜今日运气不错，只试了两次，一道“红梅珠香”便过了关。她偷瞧秦瑞脸色，虽然不见笑容，但眼神柔和许多，知道他心里其实是满意的。

“好了，时辰尚早，你想回去早些歇息也行，要是想留在这里再琢磨会儿也行。”

“嗯。”秦瑞走时回头看了一眼，唇边泛起一丝不易察觉的笑意。从第一回起，他就很清楚这丫头的倔强劲儿，她总是每天最快完成学习，但学会后从来不走，留在御膳房继续捣鼓那些食材调料，不断进行新的尝试，她以为秦瑞不知道，其实他很多次在离去后又返回，从窗缝中看她做菜，甚至亲自尝过她试做的新菜品。

这孩子，光是这股子钻研的劲儿就非比寻常，何况还如此有天赋。他心里感慨着。

妩姜熟练地切着佛手瓜，这阵子在“炼狱式”的失败菜品折磨下，她刀功长进不少，每片都薄而均匀，微微透光。跟着薄片在她手下变成银丝，在“吱吱”的响声中下了锅。

“这道菜该叫什么好呢？佛手三丝？不好听。”妩姜一边尝菜一边嘀咕。她虽然跟摩煊习文断字有一阵了，可毕竟每天大部分时间是在背一篇佶屈聱牙的文章，并没有学过太多经史子集类的文章，所以唯一常被秦瑞诟病的就是菜名。

“让我尝尝就知道叫什么了。”妩姜还在自言自语，冷不丁身后传来个声音，跟着看见一只张开五指的手朝菜抓过去。

“啪”一声打在那只手背上：“想吃拿筷子，爪子伸这么长算怎么回事？”

爪子的主人讪讪地缩回去，妩姜转身，视线里便出现一张英挺的脸，墨发剑眉，明朗清净的大眼，薄唇挑出一丝悻悻的神情，大约是被打疼了，摸了摸耳朵有点儿委屈的样子，眼神里尽是不服气。

“小柳树，我跟你说，下次再这样悄悄出现在我身后伸出你的爪子，小心我拿菜刀剁掉它。”

虽然嘴里说得狠，但一双筷子已经塞进了柳述的手中。

“我告诉你，我叫柳述！”

妩姜“嗤”一声看着他：“有区别吗？”

柳述悻悻然，拿起筷子夹菜。

“快帮我取个名字，你知道这是我的短板。”

“求我呀，叫我柳述哥哥。”他有些得意而狡黠地看着她。

妩姜劈手夺过他手里的盘子，鼓起的双颊雪白又圆润，看起来像两个鼓鼓的小包子，惹得他忍不住伸手去捏一下。

妩姜瞪他：“别老把我的脸当面团捏！”

“谁让你胖得跟包子一样。”柳述嘴里讽刺她，暗地里却觉得手感当真不错，捏起来软软滑滑像粉团儿。

“以后不许来这里偷我做的菜吃！”

柳述见她真有三分恼了，口气便软下来：“好了好了，大不了我帮你想名字。”

妩姜这才转嗔为喜，将盘子放在他面前，托着腮看他吃。其实有人欣赏自己做的菜是件挺欢喜的事，因此她并不反感他三天两头地过来偷吃。

柳述嘴里塞得满满的，边吃边含糊地道：“我说小妩姜，你能不能别每次都对我这么凶？我看二殿下回回来偷吃，你都拿笑脸对他，怎么看着我就苦大仇深的？”

“他和你能一样吗？”宇文赞总是温文尔雅的，待人接物毫无皇子身段，可柳述说话总带着挑刺儿的神情，常抬着下巴斜眼看她，一脸“你就是个啥都不懂的小娃儿”的神情。

“有什么不一样？”

“第一，他是皇子，本就来去自如，谈不上什么偷吃。第二，他从不像你这样，冷不丁从后面钻出来吓人，取个菜名还摆好大的谱。”

柳述哼了一声，隐隐有些不痛快：“我看你就是觉得人家是皇子，我不过是个小侍卫，才脸色不同。”

妩姜侧脸看他，平日里打趣惯了，常斗嘴互怼，没见过他也有小心眼的一面，这回见他真不开心了，轻轻走过去，在他身边蹲下来，托着圆圆的小脸看他："真恼啦？不开心了？"

"哼！"为了表示自己确实不痛快了，柳述连菜盘子都推远了，筷子重重一顿。

妩姜接过那双筷子，夹了一筷子菜递到他唇边："乖，小柳树，吃一口就不生气了。"

柳述听她声调软软的，眉眼弯弯的，笑意甜甜的，终于绷不住脸笑了一下，一口咬下去。

"悠着点儿，别噎着。"妩姜递了杯沏好的茶过来。

柳述品了一口，点了一下头："这烹茶的手艺是越发长进了，可还是不如你做的菜，我说秦司膳有没有说过什么属意于你的话？"

"他是不会说的，大约是我还不够努力，未能达到他的要求吧。"

"秦瑞是出了名的严苛，你想从他口中听到一句首肯的话是很难的。"宇文赞温柔轻缓的声音在门外响起。

"偷吃吗？你来晚了。"柳述朝宇文赞展示了一下快要被吃光的盘子，一脸得意，半点儿也没有身为侍卫的自觉性。

宇文赞笑着摇摇头："谁都像你那么馋？"然后对妩姜道："秦瑞是很看重你的。"

"你问过？"柳述筷子不停，早猜到他会去打听妩姜的消息了。

宇文赞笑而不语。

"真的？"妩姜一脸惊喜，双眸发出水晶般明亮的光芒，眼波一漾一漾的，折射的都是掩饰不住的喜悦。

宇文赞微一颔首，伸手揉一揉她的小脑袋，茸茸细软的头发在他手心里摩挲，像它们的主人一样柔顺可爱。这孩子单纯得只要能进入御膳房学习便已经一脸幸福了，完全没有想那么多。

柳述虽然没有说话，但眼中隐隐有笑意，看着妩姜。

御膳房里的三个人全然未曾注意到窗外闪过一道人影。

提着长裙，踩着无声无息的细碎步伐悄然离开御膳房的，正是面色阴沉的高芷。直到走了很远，她的脚步才缓下来，眼中阴沉浮现，她轻咬着下唇，低缓地自语："想进御膳房？想做秦瑞的徒弟？哼……凭什么事事都要让你如意？"

她心里也不明白是为什么，莫名地就对妧姜生出一股厌恶之情来，只觉得那丫头处处抢她风头，令她的青云之路步步受阻，实在是个碍眼的绊脚石。

二

妧姜看着眼前这道狮子滚绣球，脸色苍白，艰难地再次举起试菜银勺放到唇边，浅尝一口汤汁，什么话也说不出来。

秦瑞不明白她在发什么愣，眉心一锁，显出几分不耐烦来："到底在磨蹭什么？这汤你都尝了三次了，究竟是咸是淡，还是已然可以起锅？"

妧姜没有应答，只是将头垂得更低些，眼神呆滞地看着铁镬中还在被文火烹得"咕嘟咕嘟"的菜肴。

秦瑞没耐心再理会她，也懒得替她捞菜装盘，抄起灶上一双试菜长筷往镬中伸去，筷尖点了几下被称为绣球的砧肉，确信中心已经熟透，更不明白她在磨蹭什么，夹了一小块放入口中，跟着"呸"了一声吐出来，怒气冲冲地看着她："给我吃下去，已经第三盘了还不成功，不是淡出水来就是咸得发苦。"

妧姜默默地将菜盛盘，自己拿了筷子一口一口慢慢地吃着，半句也不反驳，连眼神都失去了往日的灵动。

"再来！"

"重做！"

一盘又一盘菜被妧姜艰难地吃下去，到后来连秦瑞都似乎无力再斥骂，只冷冷地看了她一眼，拂袖出了御膳房。

身后，妧姜听到了风中送来他的声音："还以为你是块璞玉，想不到我秦瑞也有看走眼的一天！"语气中充满失望，掩盖不住的是他浓浓的怒意。

妧姜"扑通"跌坐在地上，紧咬着下唇，不让眼中的湿意泛滥出来。今晚她已经失败了不知第几次，吃下了不知第几盘失败的菜品，疲累、恶心，还有说不出的恐惧感铺天盖地地弥漫上心头，但是她一个字也不愿意说，她不想让秦瑞知道真相，她还想着或许会慢慢好转，或许还有希望……

但是之后的三天，每天都是这样，秦瑞完全不明白她发生了什么，到最后怒火中烧，再三盘问得不到她的回话后，他失望至极地将一盘菜在她面前用力摔落，盘子碎了一地，菜汤汁水淋漓溅了妧姜一身。

秦瑞离去后，妩姜垂头坐在一地碎瓷和菜汤之中，周围安静得仿佛能听见心跳。

“这是怎么了？战场啊？”柳述惊讶的声音在膳房门口响起。

这才几天没来，妩姜好像变了个人似的，再看看满地狼藉，柳述更觉得费解了。要说她是无意中打翻了菜，绝不会是这种神情，颓丧得仿佛被遗弃了一般，圆鼓鼓的脸颊仿佛都失去了润泽，眼神黯淡毫无光芒，唯有紧抿的唇弯出一丝倔强的弧度，小手握成拳在袖底紧攥着。

“失败了，又失败了。”妩姜抬起眼皮看了他一下，又垂下去，声音低弱。

“我还以为你被人煮了。”柳述轻松地调侃了她一句，蹲下身去帮她收拾，一会儿便将地面打扫干净，再看看妩姜脏兮兮的裙裾，皱了皱眉，“这个秦瑞，脾气这么坏，不就做个菜失败了吗？他要是再欺负你，我去揍他。”

“不许你这样说秦教习。”妩姜虽然心情低落，还是朝他瞪了一眼，提起精神训了他一句。

柳述也就是逗她一下，怎么可能真去揍秦瑞？见她还有力气凶自己，他便拣了块稍干净的地方坐在她身边，顺手摸了摸她的脑袋。

他本是想安慰她，妩姜却一偏脑袋：“不要像摸小狗一样摸我。”

柳述愣了一下，明明上次宇文赟也是这样揉她的头发，她完全没有抗拒，可是今日她却一脸反感，他多少有些不开心：“宇文赟这样摸你的时候你也没说像摸小狗！”

“他和你怎么能一样？他像兄长一样，可你跟个孩子一样。”

“我怎么就像孩子了？我比你大好几岁吧？快叫述哥哥。”她越是不让摸，他越是有些恼，索性伸过手去用力揉搓了几下。

柳述动作快，妩姜避不开，气得挥起小拳头去打他，两个人闹成一团。

等两个人衣衫鬓发都乱成一团，像两个小邋遢鬼，然后你看我一眼、我看你一眼，相视着笑起来。

“这下好了吧，把我弄得跟你一样，可开心了？”

妩姜瞟他一眼："看你，像个小傻子一样，还笑。"

"你也好不到哪儿去。"柳述向来口舌不饶人。

妩姜嘟起嘴不说话。

"说吧，到底为什么不开心，还把盘子砸了？"

"不是我砸的，是秦教习。"妩姜沮丧地抱着双膝。

"今日这道菜没学成功？这有什么，他向来严厉，砸个盘子而已，又没砸你的脑袋，继续做呗，做到他满意为止。"

妩姜轻声道："第三天了，三天没做出一道可以过关的菜来……他不会原谅我了，不会再选我主修御膳了。"渐渐地，她已带着哽咽之音。

柳述倒是很意外，妩姜向来在膳食上有天赋，一直深得秦瑞之心，怎么会接连失败了三天？这是出了什么事吗？

"为什么？"他盯着妩姜的双眸，见她眼眶一点点地变红，那里头渐渐泛起光亮的水珠来，但始终只见滚动，不见落下。

"我……没有味觉了，尝不出任何东西的味道了。"

"什么？"柳述惊跳起来。怎么会这样？好端端一个人怎么会突然失去味觉？这算是一种怪病还是什么？

"我不敢跟秦教习说，我想也许明天就会好，也许只是一时吃坏了东西让舌头麻木了……我每天都这样想，每天都在等明天会好……可是明天又明天，我还是尝不出味道来。"她的声音越来越轻微，到最后已带着些微哽咽，但终究只是吸了吸鼻子，将眼中的水汽压了下去。

柳述沉思良久，道："也许，可以让太医给你看看。"

"没有用的，我偷偷问过司药丞大人，他……他给我把过脉，表示无可奈何。"

连马敬远也无法可想，那应该属于疑难杂症了。柳述虽然知识涉猎颇广，对医理却不甚精通，听她这么说，也束手无策。

两个人相对静默了一阵，柳述打破了沉寂："别这样，祸福难以预料，修不成御膳，你还有别的路可走，老天总不会无视你的努力付出。"

“嗯。”妧姜握紧了小拳头，朝他挤出一丝笑意来，眉眼弯弯，月牙儿般可爱。

“小柳树，咱们一起努力，我一定要进四司的，秦教习不要我，我还可以选别的司。”

柳述笑着伸手捏捏她的脸蛋儿，这回她倒是没有抗拒，还回了个甜甜的笑，看得他心都软了。这样坚强的妧姜，才是他认识的那个又倔强又好强的小丫头。

三

妩姜虽然不是很中意奉香，但跟着乔尔雅学调香时，她依然尽心投入。

看着教习调配香料，讲解诸香料的香性、对人的药用禁忌，妩姜认真地记着。

“沉香三两五钱，冰片二钱四分，檀香一钱，奄叭五分，撒乐兰一钱，麝香五分……”乔尔雅口中说着，手中丝毫不停，动作纯熟优雅，仿佛不是在制香，而是在十指扣弦，弹奏乐章。

“最后甘麻油二分，蔷薇露四两，这合成的香再倒入模中烧制成饼。”

香饼制成，燃起一缕轻袅香烟，在乔尔雅袖风间清幽回荡，沁入妩姜心脾。

“这撒兰香是佛前供香，太后最喜其轻凝而不浮躁，幽雅而不寡淡的韵味。”

妩姜深深吸了口气，缓缓闭上眼，不知不觉间仿佛置身缥缈之间，无数花絮飘拂，香雾浮游，一点儿一点儿将她环绕起来，兰香在天地之间氤氲，渐渐将她淹没。

香调蜿蜒，渐渐肃穆庄严，有佛光普照之相。

“妩姜。”

乔尔雅的声音将妩姜从静默中惊醒，妩姜回过神来，茫然看了看熏炉中燃着的香饼，又看了看乔尔雅浸在香气中的眉眼，淡雅得仿佛也如同撒兰香一般，无处不在的沁人心脾，却又宁静祥和。

“你还是不愿意奉香吗？”

面对乔尔雅的再次询问，妩姜的心忽然动摇了。

“香道易学难精，创新尤为困难，于宫中各主而言，香料也非日常必备之品，因此奉香殿向来是人丁稀少，到如今只剩我这一脉相传……”乔尔雅轻轻叹了口气，“你是个好孩子，我知道你并不喜欢调香，但是你即便不喜欢，依然用心去学，你和她们……是不同的。”

妩姜眨着眼看她。

“高芷和钱辰玉的不喜从眼中就能看出；灵枢于药理颇通，于香料一道原比你有天赋，可不知为何，我从她眼中只看出敷衍之意，她志不在此，我无法勉强。如果你再不愿……”

妩姜低头沉思良久，忽然抬起头来：“乔教习，我愿意奉香。”

“你真的愿意？”乔尔雅脸上闪过一抹亮色。她向来知道妩姜是中意于御膳的，也并没有寄望于这样一段说辞便能打动妩姜，没想到事情竟然有这样的转机。

妩姜微微一笑，毅然点了点头。没有人愿意奉香，她可以。每个人都觉得奉香殿冷清，奉香没有前途，但是她从乔尔雅的眼中看到了对香道的执着和热爱，这点半分也不逊于秦瑞对于膳食的心。她相信有这样一份执着，没有什么是做不成的。

四司在三个月后的选拔结果终于出来：妩姜奉香，高芷司茶，辰玉尚膳，灵枢典药。

得知结果的那天，秦瑞只扫了妩姜一眼，惋惜、愤怒和失望之情表露无遗，终于再也不看她。

高芷和辰玉则不屑地朝她哼了一声，一脸鄙夷。选了最没有前途的奉香，这也就是这种贱奴的命运了。

教习们先行离去，最后只留下灵枢和妩姜。

面对灵枢充满疑惑的目光，妩姜只是淡淡一笑。

“你向来喜爱膳食，秦教习之前最喜欢的也是你，怎么……到最后你选了奉香？”其余人都是教习问过之后自选的，似乎只有妩姜坚定地要学奉香。

“没什么，我学不成御膳了。”妩姜很平静，失去味觉的事她一直没有说，她怕灵枢担忧。

“为什么学不成？”灵枢更是不解，就算学不成也不要去奉香殿啊，其实元世福也有意于妩姜，连马敬远都对妩姜充满赞赏之意，以一个对医药毫无所知的小宫女，在三个月的学习中突飞猛进，任何教习都会有意选她。

“不要问了。”

“可是我几天前才听柳述说过，秦教习有意于你，甚至已经暗中定下……”

“灵枢，我真的只是自己喜爱奉香才答应了乔教习的。”

院中忽然响起柳述的声音：“妩姜，你为何对所有人都要隐瞒？也许告诉灵枢，她可以帮你。”

灵枢有些意外地回头，看见柳述面色凝重地站在那里，不知他何时到的。

妩姜叹了口气。在灵枢再三追问之下，她不得不承认自己失去了味觉的事实。

灵枢听了，沉思起来。她对于医理懂得比妩姜多些，但也只是涉猎了些皮毛而已，对于失去味觉这种疑难杂症还是没有办法的，又听说妩姜曾悄悄询问过马敬远，也未曾得到答案，那就更证明此事棘手了。

“马教习都表示无奈，我想……”

“不对，马教习是司药丞，太医署有医丞、药丞之分，马教习主药，对于医理比不上太医丞，这些日子我在学习医药的时候遇见了太医丞秦大人，他曾是我父亲的得意门生，对我相当照拂，我带你去找他。”

仿佛眼前出现了一丝曙光，妩姜陡然生出了希望，郁郁多日的脸色也渐渐转霁。

灵枢抱怨：“你不该瞒着我的，我早些知道就会早些带你去找秦大人，那样也许还有挽回之机。”

“没什么，我只是希望恢复味觉，但是选修奉香是我自己愿意的。”

看着妩姜平静的笑容，灵枢叹了口气，无论如何，这是她的选择，或许这也是天意吧。

四

妩姜和柳述跟着灵枢去太医署，见到了太医丞秦越。

秦越白皙斯文，年纪倒不算大，看着三十来岁，并不像妩姜以为的官派十足，倒是笑容慈祥，招呼他们坐下，然后轮流切着妩姜的双手脉，神色沉静地听她说着事情经过，并不发话。

直至妩姜叙述完了，他才简单地问了几个问题，尤其是详细询问了她的饮食变化。

妩姜一一回答，可秦越的眉越锁越紧，进而摇头，盯着她："近来你就没有吃任何异常的东西吗？"

"没有啊，除了日常饮食，实在是没有任何奇怪的东西。"

"在你失去味觉之前呢？"

妩姜低头思索，又听他问："除了味觉消失，你还有什么别的感觉？"

"舌根发麻，但近日这种感觉倒是减退了。"妩姜回忆着，突然道，"对了，前些日子我有些胸闷腹胀，不思饮食，往年夏季闷热时也偶有此感，马教习说我犯了暑气，风痰暑湿，因此开了方子抓了些药给我吃，那方子好像叫正气散。"

"你吃了多久？"

"好像……就在我失去味觉之前，吃了有五剂便好了，现在药停了。"

"马敬远虽是药丞，但熟悉药理，也颇通医理，他开给你的方子，料来是不会有问题……"秦越沉思了片刻，道，"我明白了，正气散里含有半夏，易致口舌麻木，可能会使味觉受影响。"

妩姜吃惊地看着他，没想到竟是因这样的巧合才会失去味觉。看来，确实是命中注定她无法选修御膳，才令她走上了奉香这条路。

秦越又跟她聊了几句，开了个方子让灵枢去取药给妩姜服下，微笑道："其实没什么大碍，你停了正气散，味觉也会逐渐恢复，我这方子只是让你恢复得快些而已。"

妩姜一直抑郁的心情终于纾解了，向秦越道谢后便与灵枢、柳述离去。

秦越看着他们的背影走远，脸色渐渐沉下来，若有所思。

突然，眼前一花，多了道身影。

秦越抬起头来，讶异地看着眼前去而复返的柳述："柳公子这是怎么了？"

"太医丞还是跟我开诚布公吧，你心中一定有所疑虑，却不肯在妩姜面前说，否则既然停药后味觉会恢复，你何以又给她开方抓药？"

秦越沉默。

柳述身形一晃，一道寒光架在秦越脖子上，赫然是他的随身腰刀。宫中除了侍卫，没有人能带刀进宫，秦越先是被他吓了一跳，继而平静下来，看看刀，又抬眼看柳述。

"我没有别的意思，只是觉得妩姜失去味觉并非像秦大人说的那么简单，我只是担心她的安危。"

秦越叹了口气："柳公子，其实这也正是我存疑之处。按理来说，妩姜是一介掖庭罪奴，又年少天真，不该有仇敌才对。但是……正气散正常量下，应该不会导致她失去味觉。我思前想后，这事恰逢她选修御膳的关键时分，倒像是有人做了手脚。"

柳述脸上的惊疑之色越发凝重，慢慢收了刀刃，听秦越继续说："我怀疑正气散里的半夏被人加了量，或者是加入了其他药物。前者的可能性大些，因为加入其他药物容易被人察觉……可惜已经这么久了，连药渣也被倒光了，应该无从追查线索了。"

柳述缓缓点头。这事不能无端猜疑，方子是马敬远开的，他身为药丞，断不会用这种手段来陷害一个小宫女，肯定是他身边的人，或是能出入太医署的人做了这样的事，因此秦越才不肯直言相告。

"说起来这也只是我的猜测而已，既然没有证据，就不能乱说，并非故意隐瞒你。"

"我知道，多谢秦大人坦诚相告。"柳述拱手谢过。

出了太医署，柳述仰面望着耀目的阳光，却蓦然打了个寒战。才不过刚出掖庭而已，就有了这样的事……想要加害妩姜这样一个小宫女，还能有什么人？他决定下次找机会提醒妩姜一下。

秦越开的药吃了几剂，妩姜的味觉果然渐渐恢复了，她很是兴奋。虽说已选修了奉香，四司结业考试时依然是各司都要出考题的，没有味觉参加考试是很大的隐患，如今终于不用担心了。

倒是柳述后来似有意若无意地对她说过几句，万事要小心，留意身边人，让她懵懂了好久。

柳述不会无的放矢，妩姜虽然想不透是为什么，却将这句话记在了心里。

四司结业，除了选修的本司出的考题格外难之外，其余三司只要简单过关便可。妩姜的考题听来非常简单，只需制作一道独特的香。

乔尔雅是个性情温和的教习，很少挑剔学生的不是，但是妩姜深知她其实并不像外表看来那样低调宽宥，骨子里她其实也是个要求极高的人，达不到她的要求，是无法结业的。

这道“独特的香”要得到乔尔雅的首肯，并不是件容易的事。

当然，其余三个人接到的考题必然也不简单，妩姜每日在苦思冥想、收集资料之时，也察觉到其余人的忙碌和忧心，没有人因为自己已定下了选修的内容而心安。

这日，妩姜对一味香料的属性不太熟识，想要去请教乔尔雅，行至廊下，却听见室内有人谈话，声音似乎是马敬远。教习在见客，也许不太方便，她迟疑了片刻，缓下脚步，徘徊犹豫，不知该不该进去。

接着却又听见秦瑞的声音：“什么昭明太子的后人，肯定早就死于战乱了，否则怎么会多年没有他的消息？”

接着是乔尔雅叹息的声音：“是呀，一个少年在战乱之中失去踪影，最大的可能自然是……”

“嗯，他再有通天彻地之能，也不过是个人，战争之中，个人能力终究有限，唉，可惜了啊……”马敬远发出感叹。

妩姜悄悄从窗缝中看去，发现四司教习居然都在，而且正围案席地品茶，似乎在谈论着什么话题，而且与一个人相关。

一直没有开口的元世福品着茶，盯着茶碗沉思，仿佛里头有他想要的答案一般。

“你怎么看？”秦瑞的目光转向元世福，见他不搭理，夺过了他手中的杯子，皱眉道，“说句话，茶里有昭明太子的后人吗？”

元世福抬起眼皮扫他一眼：“茶里没有昭明太子的后人，所以有问题还得自己解决。还有，那个人既然已经死了，就不要总是再提他——尤其是不能在名讳后面冠上‘太子’二字，否则的话，小心……”他单掌在脖子边做了个“咔嚓”的手势。

一句话，说得另外三个人噤若寒蝉，乔尔雅咳了一声道：“没错，那个人既然已经下落不明，就不该再提了。”

跟着随意地岔开了话题，仿佛刚才提到的那个人已经烟消云散。

昭明太子的后人……什么人？妩姜很纳闷。宇文邕明明只有一个“太子”，何时又出来一个昭明太子的后人？而且元世福说了，不能在名讳后面冠上“太子”二字，否则是杀头之罪，这又是为什么？可是这个念头她也只能自己在心里琢磨，而无法得到答案了。

第七章

拔得头筹

一

北周建德年间，中原香料稀少，多是自种和采集的一些香草，在入药的同时可以作为香料入香。其余大多数香料，都是靠西域诸国进贡，因此除了宫廷，民间是无人用得起香料的。

北周时期熏香传播普遍，并在文人中盛行，还是缘于佛教的盛行，因此香方的研发收集，除了治疗疾病的香药方，最普遍的还是佛前供香。本朝因太后尊佛重道，供香品种更为繁多。

妩姜最近快要埋没在香料之中，每日手指都在各种香料之间穿梭，调香、制香、焚香……

这些日子的学习，她早已明白香料并不如她最初所以为的那样，将几种香料调配好便可以称为一个合格的香方，事实上，制香比想象中更难，要求更严，这才是后来辰玉她们完全放弃奉香的原因。

一些特殊的香，不仅用料、炮制、配比要求严格，而且研磨、配料、出香还讲究节气、时日，然后以蒸、炒、炙、焙、炮、合、窨各法制成香饼、线香、香膏、香丸等，才能达到想要的奇效。

香品之中衣香、信香、帷香、祛病香等因其理不同，制香都各有其法，但基本不脱五运六气、天干地支、五行生克的推演，由此而决定香料之中的君、臣、辅、佐，从而达到合于天地益于人。

妩姜想要调配的这品香，以养生仁心为主，可以用于佛前信香，也可用于焚煎静思。只是这品香用到的香料即便在贡品中都是罕见之物，经不起浪费，因此她小心翼翼地尝试着。

向晚时分，柳述过来看她，瞧她认真专注的模样，无聊之中托了腮细细查看她，见细密的汗珠沿着她柔嫩得掐得出水的脸蛋往下滑，险险便要滴进她正在研磨的香粉之中，忙举袖过去拭了一下。

妩姜这才发现面前居然多了个人，不由得抬头匆匆扫他一眼："为什么每次都无声无息地出现，想吓人一跳？"

柳述好心被当成驴肝肺，气不打一处来："好吧好吧，我走就是了。"

妩姜抬起眼帘又看他一眼，然后"扑哧"笑了："我就这么说一句就生气啦？男子汉大丈夫，气量忒小，还不承认自己是小孩儿。"

"我怎么就是小孩儿了？"柳述想想，和她争辩这个话题太过无聊，气哼哼道，"我今日可是光明正大来的，是你自己太过专心没看见而已。见你的汗要滴到香里，怕这香料被你的汗给渍了才好心给你擦一下……"

妩姜放柔了声音："好啦，谢谢柳小公子了，我知道你是好心。"

她这么柔声顺气地说话，柳述反倒有些不适应了，毕竟他们自相识以来都是互讽互怼的，她很少好声好气地对他说话。为了表示自己并没有刻意讨好她，他咳了一声："我只是怕好好的香料被你的汗臭味儿给糟蹋了，可不是为了你。"

妩姜已经习惯了他话中带刺、嘴硬心软的脾性，停下了动作打量他，才发现他今日没穿侍卫的服制，倒是换了一身严装，头着浅色细绢缣巾，身着银白绲边纹绣的广袖深衣，足下是云头重台履，一身博雅宽适，不合他平时的衣饰举止。

"这一身不像你啊。"倒是像宇文赟的习性，温文飘逸，潇洒自在。

"怎么就不像我了？我本来就这样啊，平日当值，自然要穿一身侍卫劲装，否则这样一身束手束脚，打斗起来忒不方便。"

原来他今日不当值，是特意进宫来看她的，不过说起来柳述也是一介贵公子，只不过身为侍卫，往日才穿得利落一些。

"你今日是怎么了？这里也不是御膳房，没有好吃的可以偷啊，难道是特意来看我的？"

柳述被她说中心思，尴尬之余想要掩饰："我听说你们结业在即，乔教习给你出了难题，来看你是怎么窘迫的。"

"其实你是想来看看我有什么需要帮忙的吧？"

"制香我一窍不通，怎么帮你？"话一出口，柳述觉得有些此地无银三百两，仿佛被窥破了内心，"哼"了一声，想不到用什么话来搪塞。

“你安安静静看着我就是帮我啦。”

柳述倒也没有反驳，他本来也只是过来看看，若能打个下手也行，否则只是在旁边看看也好。

只是看着妩姜捣弄香料也是桩乏味的事，久了他还是忍不住要开口。

“你磨的这是什么香料啊？”妩姜的袖风轻扬间，柔和温暖的甜香朝柳述缭绕过来，香气悠长醇厚。

“这是产于身毒的老山檀，宫中也属罕见，就剩这么点儿，被我拿来制香。”妩姜看他无聊，给他解释，“这制香之料分君、臣、辅、佐，我制的这味香中，奇楠为君，老山檀为臣，以砂仁、蜂蜜、豆蔻为辅佐……你瞧，这奇楠早先已经被我在清水中洗尽土杂，阴干了打成粗粉。”

柳述听得半懂不懂，看着奇楠香的粉末，过去深吸了口气，觉得这味香也和檀香一般带着果味的香甜，看来和檀香性味相近。

“这是兰花结，是奇楠中罕有的品种，为树脂所结，有些黏黏的，你可别粘上了。”

“我觉得这两种香没什么不同嘛，都是甜甜的，让人闻着想吃……”柳述咂巴着嘴，对于香料不能吃表示遗憾。

妩姜气得瞪他一眼：“馋猫，就知道吃，在这么上好的香料面前你居然只想到吃。”然后指着奇楠香道：“这种香要淡雅多变些，仔细品辨，如同醇酒般令人沉醉，内敛而持久。”又指着老山檀：“这是存放百年的老山檀，产于深山，生长缓慢，往往数十年才成材，而成材后刚得的香木又有刺鼻的气息，搁置至气息醇和后才能用，因此这么点香料，是要经历一百多年的沉淀才得的，历来唯有皇家祭天、拜神、供佛才会用。”

“这个香……有点儿熟啊，好像我曾经闻过，对了，我家车中熏香似乎也有这么一道香味，不过我对香料倒是没有研究，我老爹才喜欢这些。”他撇了撇嘴，他爹身为少纳言，是文臣，性喜附庸风雅，他则自幼习武，结交的都是侍卫武官之属，不太习惯文臣那一套。

妩姜撇撇嘴：“你家还能有身毒老山檀？连宫中都只这么点儿。”

柳述想想也是，反正他对香料不敏感，也许闻错了。

“好了，等我明儿将新鲜砂仁、豆蔻打成泥，再混了蜂蜜，合上檀香粉为丸，再加入奇楠香压饼，阴干了，这道香便成了。”

“听起来也没有什么难的，不就是将几种香料混在一起搅一搅吗？”

“搅你个头呀，香性很有讲究的，奇楠属沉香，有水之气，初结的沉香则有草木气，而香气大类属土，木克土，因此初结的沉香只能为辅，调解制化，唯有这年代很久的兰花结才能为主料。而檀香性属火，则适于见明火，熏则减色……”

“停停停，我头痛。”柳述不知道香料还讲究什么五行，他最烦这些五行生克的玩意儿，抚着额呻吟。

“豆蔻性温，芳香，可以用于积食不消，胸腹闷胀；砂仁性味相近，入脾胃，都是属土性，因此这几味香搭配起来才不会有五行相冲相克，制成后养生宁性，可用于礼佛静思。”这种香品，正是时下最盛行的。

柳述倒是懂了，点点头，算算日子，也就剩三天就该结业了，到时候妩姜便会正式成为奉香，应该就会调到奉香殿了。奉香殿地处内宫，届时或许比现在更繁忙，想要见她可就难了。

妩姜没留意到柳述惆怅的神色，还在想着自己的香料。

两个人随即一同出了屋子，妩姜将门锁上，抬眼看天色，见阴云密布，似乎即将雷电大作，便向柳述道别，让他赶紧离宫回家。

二

回了屋休息，妧姜见其余三女也都刚从各自学习处回来，有打着哈欠的，有捶着肩膀的，有趴在床上沉思的，互相都不搭理。看来近日为了结业之事都各自烦愁着，也都很累。

只有灵枢跟她打了声招呼，轻声问了几句，妧姜也低低地答了。看来灵枢的进展很顺利，她有原来在家跟随父亲学的基础，加之秦越的时常点拨，确实要比别人强许多。她的题是诊治一例疑难杂症，案例复杂，症状并不典型，但是灵枢最近查典籍再三判断，心中已经有了结果。

相比于妧姜她们，灵枢这道考题倒是简单的，因为没有多少体力劳顿，诊完疾病后开始下方抓药，药料只需要自己去点选，不用上山采集那么麻烦，毕竟太医署的草药一应俱全。

妧姜打了个哈欠便上了床，睡眼蒙眬间听外头雷电大作，暴雨倾盆，隐约想这会儿柳述应当到家了，否则被淋在半路，肯定成了落汤鸡。

第二天去了制香室，妧姜打开门上的锁，像往常一样走近放置香料的栏架阁边上，突然面色大变。

“我的香料！”

昨夜刮了好一阵的南风雨，朝南的直棂窗居然开了一扇，而摆放在窗下的长案上正搁着她昨天磨好的老山檀香和奇楠香。昨晚那一阵南风雨，经窗格打进来不少，不用想香料全都受了潮，被雨水打了。

这两种香料本来就昂贵稀少，这一下子可完蛋了。

妧姜好半天才回过神去看窗户，才发现窗闩断了，不知是不是太旧了，被昨晚的暴风给吹断了，才导致了这样的后果。

眼见着就剩两天，现在再去找这两味香料显然不可能，她扶着长案无力地滑下去，呆坐在那里。

妧姜就那么呆坐着，一直到日影渐渐上到中天，才听到门外轻微平稳的脚步声，跟着门外日光被遮住，一道阴影投在她面前的地面上。

这阵子筹备考题期间，教习都不会来，她有些呆滞地抬起头来。

柳述更替值守后便匆匆往这里赶来，便看到妩姜缩在香案边角，双膝之间合抱着捣杵，眼神茫然地看着他，看起来神色十分无助，这是他从没见过的模样。

往日这丫头不是都挺带刺吗——不过，好像也只是在他跟前，在别人面前她的性格一直是圆柔可爱的。但她骨子里有股不服输的劲儿，无论遇到任何困难都不会言败，可是今日……

“怎么了？”柳述弯下腰去看她。

“窗闩断了，香料……都打湿了。”妩姜的声音很轻，似乎还带着一丝鼻音，又低头看了看怀抱的捣杵，里头的香料因为潮湿都变了色。

“这……难道不能晒干再用？”

妩姜吸了吸鼻子，摇头：“香料不能晒，只能阴干，况且这香料被打湿了，即便阴干恐怕也不能用了。还剩两天，我来不及了……”

柳述皱起眉来，他不懂香料，拿过捣杵闻了一下，觉得香味犹在，似乎并未受影响，纳闷地又问一句：“真的不能用了？是不是受了潮就烂了？”

“如果是完整的香料，慢慢阴干后应该还能用，但昨天已经都被我研成粉了，况且是被雨水打湿的，恐怕阴干之后也不一定能用了，就算勉强可用，也做不了我想要的那品香了。”

这可麻烦了，听妩姜昨天说，这两味香料可是珍贵稀有的品种，连宫中存量也不多，等下次的贡品可不知要到什么时候。

“那怎么办？不能再找别的香料代替？”话一出口，柳述自己也觉得很无理，香料要是可以随便替代的，那香方岂不是也可以随便拟了，哪还用劳心费神再三尝试调配？就两天时间了，看这情形就算让她再临时想个新的香方也很难了，否则她不会坐在这里发呆。

他左右思量，突然想起一事，匆匆道：“你等我一会儿，也许我能找到这香料。”

妩姜蓦然睁大眼，不敢置信：“你能找到？”

“只是可能，你忘记我昨天说过，我好像在我家车中熏香里闻到过这样的香味？”

“不可能的，这两种香料都极为名贵难得，只有宫中才会有。”

“那可不一定，宫中贡品，有时候也有赏赐给臣子的。”柳述颇不以为然，转身就冲了出去。

妩姜想叫住他，可又觉得或许柳述真的能找到。

抱着这一线希望，她一直等到日影西斜，才看到柳述又步履急促地冲进来。

他来不及缓口气，匆匆将一个包袱摊在案上打开，里面有各种瓶瓶罐罐和储放香料的木盒，敢情他将家中的香料都偷出来了。

“这是我老爹惯爱的香料，我全拿来了，你看看有没有你用得着的。”他又打开一只木盒，里头放着紫黑色的香料块，散发着醇厚的香气，看起来倒是有几分像老山檀。

妩姜怔住，拿起香料闻了一下，犹豫片刻，端来一杯水，将香料沉入水中。

柳述吃了一惊：“你这是做什么？不是说香料不能进水吗？”好容易找来的香料，她又投入水中，难道还想让香料受潮？

眼见着杯中的香料慢慢往下沉，却只头部下沉了一点儿，尾部仍是浮在水上。

柳述不解又焦急，见妩姜的脸色慢慢转为失望，将香料从水中取出，拿帕子擦干，摇摇头：“这香料外面的包浆有油性，整块沉入水中是不会那么快被水浸入的，你不必担心。”

柳述这才松了口气，但是看她脸色依然凝重，不禁发问：“这不是你需要的香料？”

“不是，虽然闻着很像，看着也相似，但是这是新山檀，又称柔佛巴鲁檀，色泽香度都有所不及。”

“那可怎么办？”

妩姜没有说话，低头将剩下的瓶罐木盒都翻拣了一遍，所有的香料都闻过了，才苦笑着无奈地说道："就算以柔佛巴鲁檀代替老山檀也没有用，这些香里没有奇楠香。"

"这些香料中当真就没有你能用到的？"

妩姜沉思良久，拿起一味香料，道："这种龙涎香也很珍稀，而且香性与檀香相合，我想想能不能试着重拟一个香方。"

只剩两天了，来得及吗？柳述虽然没有说，但担忧已经写在脸上。

妩姜看出他的疑虑来，抿了抿唇："无论如何我得试试，不能被这点儿困难击倒。"

柳述被她的毅力打动，微笑道："我能帮你什么吗？"

"你已经给了我最大的帮助。"妩姜指了指那堆香料，这些香料价值不菲，柳述从家中偷出来，不知道会不会被他父亲责罚。

柳述显然也明白她的担忧，笑了笑："不用怕，就算我爹知道，也只是责罚一顿而已，何况你又不会将香料都用光，到时候我再偷偷放回去，少那么一点儿他也许不会察觉。"跟着吐一下舌头，朝妩姜扮了个鬼脸。

她终于被逗笑："你呀，看来常常惹你爹生气，这种事你是惯犯了吧？"

"才没有，家里的东西也没什么好藏私的，我干吗要偷？何况就算偷，那也是我老爹的，又不是别人的。"他倒是理直气壮。

妩姜笑了一下，心里很是感动。

柳述看着妩姜忙忙碌碌开始研究起香料来，心情也跟着好了许多。他拣了个地方随意坐下，看夕阳柔柔地穿过窗户打在妩姜脸上，将她周身打出了一圈柔光，圆润的线条温柔得像要化开。

他微笑着，目光不经意地移到那扇洞开的窗户下端，断掉的窗闩有些刺目，将他脸上的笑意一点点消融掉。

这窗闩，断得有些突兀啊……木质的窗闩有些发黑，看得出长年累月的使用令它变得不那么结实，但是断口处的木刺还是有些奇怪。他走上前，仔细寻找了一下，发现了掉落在地的半截断掉的窗闩，微用力掰了掰，发觉固然是不太结实了，也并不像他想象的那么朽烂易断。他再使了点儿力气，终于将它掰断了。

但是一个成年人的力气，和风雨之力终究是有差异的，昨晚那阵暴风雨，真有那么大的力道吗？他狐疑地反复查看着。

妩姜还在那里忙碌，柳述想了又想，决定不去影响她的心情，起身道：“我要回去了，明天再来看你。”

“好的。”妩姜头也不抬，自顾忙碌。

柳述临出门时，听她在背后又唤了一声：“今天谢谢你啦，小柳树。”

柳述笑了笑，没有答话，径自出了殿门，往太医署走去。

三

巧得很，秦越正在指点灵枢，结业考题是马敬远出的，但并不禁止她向别人请教。秦越并不直接告诉她答案，而是很有技巧地引导她自己去思索。

柳述跟秦越打了声招呼，他微笑道："怎么，又来跟我讨论上次的事？"

柳述摇摇头，看着灵枢："我想问你一个问题，你们学习调香的那个小偏殿，究竟有多少人有门锁钥匙？"

灵枢怔了一下："还未结业，也就是最终结果未定，除教习外，我们四个人都是有钥匙的。当然，结业以后得到自己的教习认可，应该就会交出钥匙，各自去自己选修之司务职了。"

"你们还有钥匙？"柳述心里微惊，果然和他的猜测差不多。

灵枢不解地点头。

"昨晚你们四个人同寝，可有人半夜出去过？"

灵枢想了想，摇头道："我睡着了，隐约间只听见外头的风雨声、雷电声，十分吓人。"

秦越插了一句："发生什么意外了吗？"

柳述沉默了一会儿，看着灵枢，她立即道："秦大人是我父亲的学生，你不用担心他会乱说。"

"制香的偏殿窗闩昨夜断了，最昂贵的两味香料进了水，暂时不能再用了。"

秦越疑问的目光在他身上掠过："你担心和妩姜的味觉丧失一样，是有人动了手脚？"

灵枢失声道："有人要害妩姜？"

柳述没有说话，但是他看到秦越的脸上有同样的疑虑之色，并朝他轻微点头。

"没有证据，你暗地提醒一下妩姜吧。"

灵枢沉重地点头："我会留心的。她现在需要帮忙吗？"

“她是个好强的人，不会希望这种事也让人帮忙。”柳述想了想，“我相信她自己能找到办法。”

妩姜眼看着天色黑了，手头的香料已经备得差不多了，只是还差点儿什么，她却想不出来。犹豫了片刻，她关好门窗，打算离去，但是想了想又折回，将自己备好的香料分别用瓶子装好，和柳述送来的香料一起打了个包袱背在背上。

她隐隐也觉得昨夜的事有点儿问题，哪怕只是万一，也要小心为上。

一路走，她一路思索着，究竟还差点儿什么呢？所学的香料名称和香性一一在心中闪过，她边想边摇头，已自我否定了。

妩姜心不在焉地在廊下走过，忽然闻到淡淡的清香，仿佛有些熟悉，却又想不起来。她定下脚步抬眼一看，原来不知不觉竟然走错了路，误走到御膳房这边来了。她讶异地看着御膳房的大门，这里能有什么清香味呢？按理飘的不该是菜肴的香味吗？

迟疑了片刻，她推门进去。

御膳房是不会关门落锁的，附近耳房里还有值夜的厨子，有时候半夜宫里的贵人们想要吃点儿什么是得随传随到的。

但是这个钟点，御膳房空无一人，妩姜径自走进去，左顾右盼。现在她对这里已经不陌生了，不像当初宇文赞带她来偷吃时，还战战兢兢，害怕被人发觉。

临窗的案桌上，放着一只偌大的竹匾，里头排放着一片片橙红色的干燥橘皮，散发着清淡的芳香。

妩姜眼前一亮，走过去拿起一片来放在鼻端闻着。原来刚才在廊下闻到的就是陈皮的清香。

陈皮是样奇怪的东西，说它无用，吃完橘子后随手一扔，它就是垃圾；说它有用，捡起去杂质，淋水润透，再晒干便是陈皮。陈皮可以入药，治积食健脾胃，还能止咳化痰；经过挑拣后去苦、热煮、沥干，加入甘草、食盐、糖等腌制还能做成小吃。膳房制陈皮，则是因为它可以做膳食香料，祛膻辟腥，用它做出来的菜会有淡淡的甘香。

但现在妩姜拿着它，想的却是这东西或许也可以入香料。她反复嗅着，决定取一些带走，尝试一下是否能用它入香。

妩姜去了值夜的厨役那边打了声招呼，她在膳房时颇得司膳和厨役们好感，陈皮也不是什么珍贵之物，只说了一声便得了应允，让她自行取些带走。

拿了陈皮行至御膳房门外时，妩姜却看见长廊那头一道袅袅婷婷的身影过来，近前才发现是钱辰玉。

辰玉见了她也很意外，驻足有些疑惑地看她。但辰玉非比高芷，素日里见着她们还算是带着些和颜悦色的笑容的，因此虽在这个时辰看见妩姜，满腹疑云，唇角却还是泛起一丝笑意来："妩姜，怎么是你？"

"哦，我来拿些陈皮，刚跟值夜的李二哥说了一声。"妩姜说着举起手中油纸包着的陈皮。

辰玉闻到有陈皮的淡香，疑云非但未曾消退，反倒更深了。这时辰到御膳房来拿陈皮？这种东西除了做陈皮鱼，还能有什么用？但她并未表露，反而加深了笑意，轻柔地道："我还以为妩姜妹子饿了，来寻些吃的，要不要我给你做些点心啊？"

妩姜笑着摇头："我不饿，真的只是要点儿陈皮就走。"

辰玉笑着往前走，两个人错身而过，便看见了妩姜背上的那个包袱，还隐隐有香味散发出来。这种香味辰玉倒不陌生，应是香料的香味，最浓重的一种应该是身毒的檀香，散发着一股甜蜜的玫瑰味儿。

截至结业前一天，妩姜反复捣弄，终于成功地用陈皮制出了一味香来。事实证明，有些香料其实唾手可得，只是当时尚未有人想到而已，总以为只有种植的香草和进贡的那些昂贵香料才能入香。

结业那天，四司教习集齐大殿，四名少女各自拿早先备好的材料，现场完成结业试题。

妩姜事先已将柔佛巴鲁檀打成细粉，陈皮和丁香打成粗粉，龙涎香隔水制成胶状，制香时将檀香、陈皮、丁香粉末混匀，掺入龙涎香，摊开阴干。然后将白芨加水研出稠稠的汁液，再加入香粉中烘干制成塔形的锥香。

现场考试时，妩姜将香放入一只造型奇特的中空香炉，焚起锥香，挥手轻拢，便看见香烟袅袅，初时如云山雾罩，继而如游丝缭绕，盘旋而上。最奇特的是云头逐渐形如龙首高昂，吞吐翱翔，青云直上。

这一奇景，将另几名教习的目光都吸引过来，失声问：“这是什么香？”

乔尔雅略带惊喜地看着妩姜，等候她解说。

“这品香叫翠云龙翔。”妩姜顿了一下，有些不好意思，“名字不是……我取的。”

龙涎入香，焚之翠烟结而不散，制香行家能将香烟做出各种烟雾缭绕的形状来，在乔尔雅看来这手段不算高超，但是对于妩姜一个新入手的学徒而言，已经是登峰造极的水准了，可她更欣赏的是妩姜创新的意境，这品香里，竟然有一味她感到陌生的香料存在。

“你告诉我，这品香是怎么做成的？”

妩姜回答：“这品香本该由老山檀为君，然而我在做之前那品香时，不慎让剩余的老山檀都受了潮。”说到这里，她微有沮丧之色，“连仅剩的奇楠香也毁了，因此我原本的那品香就失败了。后来我只能用柔佛巴鲁檀代替老山檀，然后加入陈皮、丁香、龙涎香阴干，再以白芨稠汁加入阴干的香粉中，制成锥香。”

她说话之间，翠烟浮空，依然凝而成形，并不散开，烟态宜人可喜，香气可为上品。

四

乔尔雅若有所思地轻轻点头，眼波掠过妩姜，似有疑问，却终究没有发问。

龙涎香之难得，犹胜老山檀，宫中近来并无存货，这丫头从哪里得来？但是当着这么多人的面，她却不能发问，倒是微微颔首：“陈皮入香……亏你想得出，陈皮入药入膳都是有的，可是入香料，你是怎么想到的？”

“那天我路过御膳房，闻到一股清香，就觉得奇怪，进去看了看，发现了一竹匾陈皮，当时我心想，陈皮可入药可入膳，那或许也可入香呢？就尝试了一下，果然成功了。”

乔尔雅颔首赞许，再看了看另三名教习，眼中也和她有同样的赞赏，其实每个人都希望妩姜能主修他们的司，包括之前遗憾无奈放弃她的秦瑞。

跟着，灵枢和高芷也相继完成任务，得到教习的认可，只是虽过了关，却没有妩姜那么惊艳的表现，不温不火的也算不上特别称教习的意。

妩姜的香因为需要阴干，不能全都现场进行，事先差不多已做好，只需焚燃；灵枢的考题是解病答疑，因此基本是纸上书写，无须动手；高芷烹茶程序较少，也是很快就能完成。

只剩下辰玉的膳食因需要保持食材鲜美，不能过多提前预备，因此三个人最后都在巴巴看着辰玉剥出净蟹膏肉、打鸡蛋、切鲜橙、橙皮雕花，然后把肥瘦相间的猪肉剁得精细，切姜片荸荠，动作利落优美，无论是雕花还是颠锅的手艺都很纯熟，刀功更是干脆利落。

辰玉大概有心卖弄，先用颠勺煸炒蟹黄蟹肉，然后将每个鲜橙都在上部留了一片顶，细心将橙瓤挖出，放入姜末，再将猪肉、荸荠丁、蟹肉内放入打好的鸡蛋中，加各种香辛料、盐、料酒拌匀，分别装入雕花橙皮盏，再将削下的橙皮盖顶，每只橙都放入酒盅蒸熟。

此时已是临近入秋，膏蟹肥美，蒸锅揭开时，蟹香和橙香四下飘散，甚至盖过了之前妩姜燃尽的那品翠云龙翔的余香。

一锅内有八盅橙蟹，辰玉微笑："这道菜叫橙花盅，精选江南贡蟹和赣南橙做成。"

秦瑞的眉心舒展，甚至带着一丝微笑，将橙盅分给另三名教习和三名旁观的学徒，显然是想让他们都尝尝他调教出来的高徒的手艺。

妩姜也很乐意尝试一下辰玉的手艺，带着笑接过酒盅，一边小心翼翼地吹着橙花盅，一边拿勺一点点挖着里面的蟹肉。

蟹肉的鲜美和脐橙的鲜香混合在一起，还有猪肉炖化后微油而不腻的滋味……

妩姜微闭起眼，让舌尖感受着想象中应当美妙绝伦的滋味，但是……很快她便微微蹙起了眉，朝其余人看去。

大多数人的脸色还好，似乎既没有惊艳也没有反感的神情，只是静默地品尝着，只有乔尔雅的眉头微微皱了一下。

妩姜离她近，轻声问："乔司香，您觉得这道橙花盅有什么问题吗？"

乔尔雅也低声回答："我的舌尖没那么灵敏，没尝出什么来，但我的嗅觉格外敏锐，总觉得这里头有股……死蟹的味道。"

"是的，我也感觉到了。"妩姜再次抬起头去看时，发现秦瑞的脸色已经变得很难看，心里暗叫不妙。

果然，还未等众人反应过来，只见秦瑞举袖一拂，将桌上的酒盅连带盛盅的小碟子一起挥到地上打了个粉碎，自然，他刚品尝了一口的橙花盅摔得油汤飞溅，连他的袍襦下摆也未能幸免。

辰玉惊惶地瞪大一双妙目看着地面，她精心做的这道菜，白色的蟹肉、黄色的蟹膏、橙色的橙肉以及葱花姜丝，全都以难看的姿态躺在地面，仿佛在嘲笑她的失败，然而她却连自己失败在哪里都不清楚。

明明材料准备得很好，明明火候掌握得很好，明明刀功看起来很美……

跟着秦瑞怒斥的声音将辰玉本来就凌乱的心情训得更糟了："你做的这是什么东西？螃蟹不能吃死的不知道吗？死蟹非但口味不好，且易引起中毒，会令人腹泻呕吐，甚至送命，你连这点儿基本常识都不知道吗？”

“我……我……”辰玉自然是知道的，可是她不明白她备的明明是活蟹，为什么会有死蟹味？昨夜她还清点过，每只都是肥美鲜活，今早因为要剥蟹肉蟹膏匆忙了些，只粗略检查一下，可入锅蒸时也每只都是活的呀！

辰玉想来想去都不明白发生了什么事，委屈地咬着下唇，眼泪在眼眶中打转。

秦瑞冷笑一声：“还不服气？”

他转头问：“你们吃出死蟹味了吗？”

乔尔雅点点头：“我没吃出，但我闻出了。实话说，这道菜做得不错，葱姜料酒和橙香盖过了死蟹的渣烂口感。”

“那不是香味盖住渣烂口感的事！她就算再放多少香辛料盖过又如何？就凭她不负责任的这份心就不配做御膳！倘若这道蟹肉是贡给宫中哪位贵人吃的，这后果如何你们可知道？”

三位教习沉默了，虽然他们职位都不低，可是提到宫中的贵人，无论皇帝太后，还是哪位嫔妃皇子公主，都和他们有云泥之别，任何一人吃坏了肚子，都足以要他们的命。

何况死蟹中毒，可大可小，后果严重的话，如秦瑞所说，甚至可以要人命。

跟着，高芷也嗫嚅着说：“我也……也吃出了一点儿……我以为是我感觉错了。”

妧姜瞟她一眼没有说话，落井下石的事永远少不了高芷。

“你呢？你也吃不出来？”秦瑞冷厉的目光扫向妧姜。

妧姜很是意外，根本没想到他居然会直接问自己，不由得愣了片刻。她本来是不屑像高芷一样，打算低头沉默就将此事忽略过去，可是秦瑞既然问到了，她也不想撒谎，这不合她的本性。

因此妩姜犹豫了片刻，还是轻声答："我吃出来了，但是我想辰玉应该不是故意的……"

"哼！"秦瑞一拂袖，显然不想听她再说，转身朝殿外走去。

"大人，大人……求求你让我重做一次，我不会再犯这样的错了，我真的不是有心的！"辰玉急得泪水簌簌而下，追上去跪伏在地，抓着秦瑞的衣角苦苦哀求。

秦瑞本想踢她一脚甩开，但终究面对一个小姑娘下不去脚，抬起的脚又放下，恨声道："你完全辜负了我对你的信任，你不配做御膳！"

"司膳大人你相信我，这次真的是意外，我不知道是怎么回事，我今早蒸蟹时真的每只都查看过是活的！"

"活的？"秦瑞停下脚步看她，"你知不知道，即便是濒死的蟹，也开始产生有毒之物，吃了同样会引致中毒，而且有一股死蟹味！"

辰玉睁大眼，呆在那里。这点她并不清楚，她检查的时候也有些匆忙，并没有留意其中是否有只蟹将死。

"将死的蟹眼珠外凸，无力吐泡，而且你检视的时候有没有翻蟹脐、掰蟹钳来证实它们是否快死？"

辰玉张了张口，眼神黯淡下去。这些常识教习是跟她说过的，但是她有些怕活蟹，曾在做蟹时被活蟹钳出血来，那之后她捉蟹检视都是匆忙慌乱的，翻蟹脐就很马虎地忽略过去了。

秦瑞看着她的神色，随即明白了，冷笑一声："你的责任心本就有问题，还想我再给你一次机会？"

"大人，我以后再也不会了，我会更小心的，求你看在我叔父的分儿上，再给我一次机会！"

秦瑞沉默片刻，辰玉提到掖庭令，他多少要给几分面子，她不顾大庭广众提及此事，实属无奈。

"好，再延期一个月，届时你再做一道菜品出来，记得是新菜。"

秦瑞再也不理辰玉，径自离去。

辰玉抹了一下额头的汗和满脸的泪，有侥幸逃过一劫的感觉。

虽说要延期一月，继续多做三十天学徒，但终究是给了她一次机会。

她很清楚，秦瑞今日是不会再给她重做一道菜的机会，这一个月内，肯定是百般严厉苛刻地磨炼她，才能让她拥有第二次考试的资格。相比于妩姜她们从今日起就可以正式进入四司供职，自然是颜面扫地了。

第八章

横生波澜

一

结业试既已完成，无论少女们是否过关，这场考试都算结束了，教习们陆续离去，对于辰玉的失败也不足为奇，毕竟历来能通过最终一关的也不是全部，总有一些人会在考试中被淘汰，辰玉还能得到一次机会已经不错了。

乔尔雅走在最后，她向来性情温柔宽容，临去时安抚性地拍了拍辰玉的肩，微笑着鼓励一句："其实你做得已经很好，膳材失误，只是意外。秦瑞向来严格，如果不是对你还抱有期望，就算你是钱积纬的侄女，他也不会给你这次机会。"

辰玉垂首道："多谢乔教习。"

高芷跟在教习们后头离去，看也不看辰玉一眼。

灵枢见整个大殿只剩自己和妩姜，上前去轻扯她的衣袖，朝殿门努了一下嘴，示意她一起离去。

妩姜和辰玉平日也无深交，原本想去安慰一下，但灵枢朝她使眼色，便放弃了这个念头，跟着往外走去。

"站住！"辰玉的声音在身后响起，带着几分凌厉。

妩姜不知道是叫自己还是叫灵枢站住，两个人双双回过头去，有几分诧异地看着她。

辰玉已经端立起身，不再是刚才哀哀哭求秦瑞时的楚楚可怜模样，脸上泪痕虽犹未干，眼中燃烧着灼人怒火，仿佛有着无限憎恶和恨意。

灵枢刚想开口，辰玉已经指着妩姜道："与你无关，我叫的是她。"

妩姜莫名其妙，指指自己："我？有事吗？"

"你走！"辰玉不理她，却疾声向灵枢发话。

灵枢见情势似有异样，执意站在原地摇头："你有什么话要说可以对妩姜直言，为何要避开我？"

妩姜也点头："是啊！我没什么可以隐瞒灵枢的，你说吧。"

辰玉冷笑："好，你不嫌丢脸我也不用替你留面子，我只问你，昨儿傍晚时分你去御膳房做什么了？”

妩姜想起昨日与辰玉的偶遇，不明所以，想了想道：“我跟你说过了啊，我去拿陈皮，就是我今日要用的香料。”

辰玉的声音陡然拔高，连声调都变得尖锐起来：“你胡说！我问过李二哥，昨儿我离去后除了你再没有人进过御膳房！一定是你想到我要用蟹肉入膳，特意去动了手脚！若不是我后来折回去看看那些螃蟹养得怎样，也不会遇到你，你千算万算，算不到动手脚后正好撞上了我吧？原本我就一直狐疑，陈皮那么寻常的东西，为何一定要去御膳房拿，太医署有，别处也有，刚才我才突然想明白——是你！”

妩姜诧异万分，她完全没想到辰玉竟然会怀疑自己，她不解道：“当时我只是不经意地走到御膳房外，闻到陈皮香味，才想起要用陈皮入香，并不是刻意进去拿的。再说我怎会知道你今日要用蟹肉入膳？御膳房荤素食材不下数百种，我哪能就猜到你用什么？再说我为何要害你？”

辰玉冷笑：“谁不知道你早先属意于御膳房？人人都知御膳房是最好的差使，你自己被秦教习淘汰了，心有不甘，就怀恨在心，希望我也失败！”

“就算我曾经想进御膳房，可这也不是我害你的理由啊，难道你失败了我就能重回御膳房？我已先修奉香，无论谁入御膳房，都与我无干。”

“别说得那么动听，你自己进不了，也希望别人跟你一样！否则昨日鲜活的螃蟹，我仔细用清水将养着，又怎会出这样的意外？”

妩姜蹙起了弯弯的眉，向来和悦动人的脸上也带了几分不快：“我已向你解释过，你不听便罢。”她挽着灵枢便走，懒得再和辰玉解释什么，任由身后传来辰玉愤怒的指责声也不理会。

灵枢有几分担忧：“这下她可是记恨上你了。”

“她只是胡乱疑心，要是有证据，早便向秦教习告状去了。”

“就是多疑才易生事，因为除了你没人去过御膳房啊。”

“理她做什么？小心眼儿，钻牛角尖。明明是她自己今日没有仔细检视螃蟹，怎能怪得别人？养了一夜的螃蟹，谁还能保证像昨日一样鲜活？”

灵枢微微颔首，觉得也有道理，没准真是辰玉自己胡乱揣测，毕竟过了一夜，螃蟹有可能半死不活，未必是谁动了手脚。

辰玉站在原地，胸口起伏，一脸愤怒之色愈加激烈，咬牙望着妩姜的背影，心里满是厌恶，想着罪奴出身的贱婢，果然心地险恶。

直至灵枢和妩姜都不见了踪影，辰玉还在原地恨意难平，却丝毫没留意到殿外有闪烁的目光投射进来。眼见着辰玉终于迈步要出殿，外头那道身影一晃，脚步匆匆地迅速离去。

妩姜正式成为奉香，心中喜悦无限，还未入职，便去了奉香殿找乔尔雅道谢。

乔尔雅手里拈着一枚小小的锥香，脸上浮现淡淡的笑意，但眼中却有抹不去的一丝疑惑。

妩姜进来时，闻到香气，便明白乔尔雅手中拿着的是自己新制的那品翠云龙翔。

没想到乔教习居然还留了一枚在细研。

她上前施礼谢恩，乔尔雅才从沉思中回过神来，微笑着受了礼，才轻声慢语地问起她怎么想到要做这品香的。

妩姜将之前的事实言相告，详细说了一遍，只是没有提柳述。

乔尔雅静默地听她说完，才抬眼看她："龙涎香是哪里来的？你别说是我奉香殿的，这味香很是罕见，连宫中都断源已久。"

妩姜眨了下眼，轻咬下唇，微微垂下头。

"说吧，我没有在众人面前拆穿，就是知道你有难言之隐，你说翠云龙翔的名字不是你取的，是帮你的那个人吗？"

妩姜无声地点了点头。

"是谁？"乔尔雅皱眉。

"是……是少纳言柳机之子，柳述，二殿下身边的近侍。"

"你和外臣交往？你怎么会认识……"乔尔雅直起身子，面现惊讶之色。

妩姜和柳述的相识经过绝对不能让人知道，这点儿意识她还是有的，因此她只是目光一偏，避开乔尔雅疑惑的眼神，轻声道："我是先认识二殿下才认识柳公子的。"

"二殿下……"

"我有一次不慎将二殿下的衣衫弄脏，为了向他认错赔罪，给他浣洗了一回衣衫，便认识了。"

"可是二殿下在内宫，你是从浣衣局调去织染局的吧？总之是未出掖庭，他又怎会去掖庭那种地方？"乔尔雅的神态语音始终柔和，但温雅中却透着一股从容不迫的威压，而且她的细致和周全也是妩姜意想不到的，看这架势，不问个水落石出是不会罢休的。

妩姜无奈至极，她和宇文赞也是结识于诏狱外，难不成这事也要告诉乔尔雅？不知为何，她总觉得凡是和摩煊有关的事都不能随意透露，只能硬着头皮答："二殿下为何会去掖庭，我实在不知，我虽与他相识，但终究尊卑有别，这种事我是不能相询的。我与他相识后，恰逢太后寿诞，我为了掖庭备寿礼的事不得已又去求助于二殿下，后来……后来也就算有几分熟识了。"

乔尔雅微锁眉心，轻缓地点了点头。妩姜一句话便堵了她的疑念，宇文赞是二皇子，他要做什么，出现在什么地方，别说妩姜，连她也不敢多过问。哪怕她依然觉得妩姜的话中有不尽不实之处，可是也无法去找宇文赞证实。

"柳述……他家世显贵，自身又是皇室亲卫，要说他家中藏有这样珍稀的香料也不足为奇，但是他竟然拿出来给你，这份交情也就不只是相识了。"

妩姜不敢置辩，垂首以待。

乔尔雅沉思了一阵，道："即日起你便正式任奉香之职，内廷女官不可与外臣交结，你还是和你的朋友疏远些吧，若被人发现你私下交结外臣，可是犯了宫中忌讳。"

妩姜轻声应了，小心翼翼地离去，并未留意身后曲廊深处有掩映的身影，躲躲闪闪地跟着。

二

“站住！”

妩姜冷不防被突如其来的一声轻喝吓得倒退两步，游目四顾却不见人影，正纳闷间，却见重檐下倒吊下一个人来，双腿钩着檐边，上半身倒挂着在她面前轻轻晃悠，双臂抱胸，虽然如蝙蝠倒坠，却一脸闲适，不是柳述是谁？

妩姜刚被乔尔雅不轻不重地用言语敲打了几记，心里有些闷闷不乐，这会儿被柳述一吓，更是犯了情绪，嘟起嘴，鼓起腮，一双圆圆的水杏眼瞪着他：“你几岁啦，还玩这个，万一摔下来怎么办？”

她口气虽然是凶巴巴的，但是看在柳述眼里，她鼓起的腮像个刚出锅的包子，让人特想掐一把，圆亮的眼水光润泽，仿佛再多的怒火也都在其中浇灭，半点儿火星也燃不起来。

妩姜见他还是一脸嬉笑，完全不在乎的模样，更是刻意皱起了弯弯秀眉，想要摆出恼怒的样子来，结果只是又被他伸手在脸颊上捏了一把。

倒挂着距离近，捏起来更顺手一些。柳述心里想着，这包子脸实在太好玩了，又白又软又弹，比真包子还要好掐。

“讨厌！你快下来，摔下来就完了！”

柳述听得出她明明是在用发火掩盖话中的关切，得意地笑一下，身形一晃，做了个危险的姿势摔下来。

“啊——”妩姜叫了半声捂住口，看柳述一个凌空翻身稳稳落地，这才放下心来。

妩姜见他又捉弄自己，气哼哼地皱着小鼻子，扭身便走。

“别走别走，二殿下让我来请你。”柳述见她真生气了，忙追上去扯她的袖子。

“请我？”妩姜很纳闷。

“听闻你正式成为奉香，二殿下想和我一起为你好好庆贺一下。”

“庆贺？去哪儿呀？”

“跟我走便是。”柳述不由分说地拉着她狂奔，完全不顾她的小短腿儿跟不跟得上他的节奏。

妩姜跑得气喘吁吁，穿过几处回廊重殿，她已经绕得完全不识路径，跟着又被柳述挟着飞檐走壁，两个人都兴致高昂，全然没注意到大殿下花树丛中有人跟得上气不接下气，汗如雨下。

他们很快便到了一处湖泊，远看湖面如镜，湖中白色荷叶其大如斗，弯曲接连成一条玉带，延伸至湖泊深处几重人造山石，山顶有道落差甚小的瀑布卷着珠帘垂下来，水雾弥漫，其后似乎隐隐别有洞天。

妩姜正诧异怎么会有白色荷叶，近前看，每片荷叶原来是汉白玉阴刻雕成，根深植至湖泊地底，可以踏足其上，行至瀑布。她惊讶又兴奋，跟着柳述在荷叶上往湖泊深处行去，感觉自己仿佛飘行在水面，凌波微步，罗袜生尘。

到了瀑布跟前，果然发现水帘后有洞，里头居然还有微弱的光芒。

柳述拉着她纵身穿过水帘，妩姜被水雾遮住了视线，隐约见身下一片漆黑，不由得轻声惊叫一下，跟着以为脚底踏空，却在落下之后踩着了实地。

“胆小鬼！”柳述嗤笑一声，在前引路，向那方微弱的光明走去。

妩姜“哼”了一声，抖了抖身上的水花，鬓发衣衫还是免不了溅湿许多，不过比起她兴奋的心情，又算不了什么。

越往前去，光线越明亮，妩姜惊讶地发现，这个瀑布后的人造山石洞窟居然造得像模像样，洞顶悬下盏盏红纸灯笼，将整个山洞石室照得通明，洞中央唯一凸出地面的巨石被磨平石面，形似古朴的石桌，上面错落地摆着些精致糕点，都是御膳房里最出色的淮扬细点。

宇文赞正坐在石桌后一块圆形石礅上，低头用纸折着什么。

围着石桌的是几张同样的石礅，都是按原形打磨光滑，雕刻云纹，形状并不完全相似，有的如蘑菇，有的如圆礅，有的却保持了拙朴的石块风格。

妩姜很恭敬地上前施礼：“见过二殿下。”

“坐啊。”宇文赞似乎很忙碌，抽空抬个头朝她笑一下，“不用这么多礼，这里可没有外人。”

妩姜和柳述便上前坐下，好奇地看他在做什么，原来他在折一盏莲花灯，折好后用笔在上面题着字。

“在这里放灯？”妩姜刚说完，便看见石洞一角居然有潺湲水流，不知从何处来，不知往何处去。再仔细打量，原来源头是从阴暗角落处的石壁上渗出的，细看可见壁上如蜂窝状的微细孔，然后流往一个黑色小洞口，大小通过一盏莲花灯是没问题的。

“二殿下写什么字了？”

“祝福你的。”宇文赟笑着看她，好容易通过了考试正式成为奉香，她脸上应该容光焕发才对，可是除了一点儿惊喜，似乎也没有格外高兴的样子。“我还以为你正式成了奉香，应该格外欣喜。”

“本来很高兴的，可是乔教习知道了我和你们相识的事，让我以后要谨慎，少与你们交往。”妩姜垂下头。

“怪不得你跟个煮熟了的虾似的，见到你的时候无精打采。”柳述还不知道这件事。

妩姜白他一眼：“我还被你吓了一跳，没事学什么蝙蝠，倒吊在檐下。”

“那叫倒挂金钩，不叫蝙蝠。”柳述一脸鄙夷地看着她。

宇文赟沉思了片刻，然后温和地笑了笑：“不用害怕，有什么事我顶着。来，今日你应该欢笑，放个灯。”

妩姜摇摇头：“我不会做莲花灯。”但看见一旁石礅上有一根白胖的萝卜，眼前一亮：“这个好，我拿来做萝卜灯。”

“啊？”

“有刀吗？”妩姜兴致勃勃。

柳述一脸发蒙，递了一把随身匕首给她，看着她将萝卜削皮去芯，正想提醒她这萝卜本来是拿来喂兔子的，可看见宇文赟朝他使眼色，只得闭了口，转头看看洞角，那里放着一只兔笼，里面有只雪白的小兔，正可怜巴巴地看着他。

柳述也有点儿委屈，他好不容易把这兔子从宫外弄进来想送给妩姜做礼物，结果妩姜还没发现它的存在呢，就先把它的口粮给克扣了。

萝卜很快被雕成一盏雪白剔透的花灯，镂空的皮薄而晶莹，放入一截短蜡点上，果然别致可爱。

“来，雕上你的愿望，把它从洞口放出去，就会愿望成真。”

雕上字，妧姜兴奋地将萝卜灯从洞口放出去，宇文赞跟着将莲花灯也放出去。

柳述既不会折莲花灯也不会雕萝卜灯，只能干瞪了几眼，拿雕剩下的萝卜去喂兔子，一边喂一边嘀嘀咕咕：“兔子啊兔子，咱哥儿俩没人理了，做个伴吧。你别嫌弃这半根萝卜，就这半根还是虎口夺食抢来的……”

“谁是虎？”妧姜甜美娇嫩的声音在耳边响起。

柳述惊跳起来：“啊呀，母老虎！”

妧姜朝他瞪了瞪眼，弯下腰去提起笼子，眉开眼笑地看着兔子：“哎呀，你长得真可爱，完全不像你哥那么讨厌。”

柳述刚想问谁是兔子它哥，就看见宇文赞竭力忍笑的表情，顿时恍然，刚才他对兔子说了句“咱哥儿俩”，妧姜就打蛇随棍上了，趁机揶揄他。

柳述双眉一竖，想做出凶恶的神情来，可是看见妧姜回头看他满脸的盈盈笑意，却终于没绷住，忍不住也笑了起来。

“我很喜欢你弟弟，谢谢你。”妧姜咬着下唇笑，双眸宛如两弯新月。

柳述气得瞪眼，顺便看到宇文赞忍笑的表情中似乎隐隐写着“活该”二字。

清可鉴人的湖面上，不知从何处漂来一盏莲花灯，跟着又徐徐漂来一盏萝卜灯，蜡烛微弱的火光跳动着，站在莲叶上的辰玉俯身去捞起来，莲花灯上写着“恭贺妩姜迁任奉香”，字体遒劲有力，看着就不像出自女子之手。萝卜灯上写着“心愿得遂，感谢上苍”，字迹勉强端正，不算好看，一来刻字终究不如笔墨书写，二来妩姜识字不算太多，书法确实差强人意。

辰玉认得萝卜灯上是妩姜的字，不由得对莲花灯上的字是谁写的起了疑心。她小心翼翼地走近瀑布，听见轰鸣的水声后断续传来人声，听不太清晰，但除了妩姜的声音外，很明显有男子的声音，且并不是太监那种阴柔的声调。

“高……兴，谢放……”妩姜的声音比较清柔，穿透力不强。

“妩姜，这发环是送你的……”这是男子的声音，比较陌生。

辰玉的眉锁起来，宫中的男子应当只有殿前亲侍，其余外臣进宫都是皇帝召见才得踏入，不可能随意走动的。侍卫……那可是外臣，妩姜居然敢结交外臣?

辰玉陡然兴奋起来，拿着“罪证”快步离去，匆匆赶往她叔父掖庭令钱积纬处。

妩姜哼着歌儿回到住处时，进门便愣住了。

掖庭令钱积纬带着几名太监阴沉着脸站在里头，见到她时，似乎早有所料，由不得她分说，先下了令：“上前，将她手中的东西缴了。”

妩姜不明所以，一边挣扎一边着急地问：“钱大人，这是做什么?”

钱积纬冷冷道：“我知道你不日便会被调往奉香殿，内廷之事不该归我管，但是调令一日未下，你就一日还属于我掖庭的人，你涉嫌盗窃掖庭司珍库之物——”

话音未毕，两名太监控制了妩姜双臂，另两名已经将从她手中缴获之物打开，一方黑色香木匣里躺着一枚发环，从头至尾弯曲成一柄灵芝如意形状，而且是橙黄的纯金打造，从颜色品相来看应当还是新制的，光可鉴人，款式新颖，造型别致，做工精致，完全不像是宫外之物，更不像是妧姜这样出身掖庭的小宫女所能拥有的。

钱积纬见了盒子中的发环，一时失语，将木匣拿过来反复看了看，突然冷笑："你还有什么话说？你是想说这木匣是你自己的，还是这发环是你自己的？"

寻常人见了发环的精致贵重已经眼发直了，可是钱积纬却认得这匣子才是真正的贵重之物，木匣本身是白檀制作，妧姜之前被打湿的身毒老山檀正是这种檀木。在当时来说，白檀价格之昂贵，连宫中都存量稀少，这样完整的一块还做成了木匣，当然更珍稀了，钱积纬自己都不知道这种木匣是从何而来。

妧姜被按着跪在地上，答不出话来。她常年在掖庭，不与外界交往，连家人都不知音信，怎么可能有这两样贵重物品？她情知与外臣交往是重罪，倘若说出来，必定连累宇文赞和柳述。宇文赞是二皇子，无人敢动，可柳述只是侍卫，免不了要与她同受惩罚，她只能闭口不言。

钱积纬冷笑："这可是人赃并获，之前你涉嫌盗取布帛，有人顶罪，这回看谁还来替你开脱！来人，杖责！"

妧姜一声不吭，任由两名太监拉到外院，按在长凳上杖责。

一杖又一杖落下来，完全是毫不留情，杖棍与皮肉接触之声令人心怵，但妧姜从头到尾别说哀哭，连一个字都未曾吐露。

"二十八……二十九……大人，她好像昏过去了！"

"继续打，打到她招认为止！"钱积纬冷笑，他倒不信撬不开一个黄毛丫头的嘴，从那只木匣看来，他已经疑心还有人与她勾结盗窃宫中财物，他想要听到她招出同伙是谁。

柳述的声音晴天霹雳般响起："住手！"

被打得晕晕乎乎的妧姜无力地抬起头来，眼前的身影不断重叠又清晰，她知道是柳述来了，但却无力说话，只能勉强从嘶哑的嗓子中挤出个字："走……"然后轻轻摆手。

她不知道柳述怎么会来得这么及时，但跟着就感觉到杖棍不再落下，柳述居然和那几名太监动了手。他可是殿前侍卫，寻常太监就算十几二十个人齐上也是被他揍得落花流水，何况眼前钱积纬只带了七八个人而已。

瞬间满地哀号，钱积纬又惊又怒地瞪着柳述，喝道："大胆！你是何人？"他从服饰看出柳述是侍卫，从品级来说，掖庭令从七品下阶，亲卫从七品上阶，但互相之间无直接从属关系，他并不怕柳述，只要他占着理，告到正武殿上也不会吃亏。

柳述冷笑："你对宫女私下用刑，还敢问我？"

钱积纬冷眼打量他，暗想那丫头盗取宫中财物，总要交与人转手卖出宫去，莫非这就是她的同党？好在手中证据确凿，不怕他赖账。于是冷笑着举起手中木匣："这是妩姜盗取宫中财物的贼赃，你如此维护，莫非是她销贼赃的同党？"

柳述一怔，心念急转，一时也想不到什么话来回应，只是奇怪为什么他和宇文赞送给妩姜的礼物会到了钱积纬手中？

钱积纬见他不开口，更是得意："没话说了吧？这等昂贵之物，分明是宫中贵人才用得起的，你想怎样替她开脱？还是说是你送给她的？外臣不得结交宫女，你难道不知？"

柳述虽怒，却回应不了，只听妩姜吃力地低声道："不关他的事，是我偷……"

"是我赐给她的。"一道温文的声音响起，宇文赞赫然出现在院门口，乍看见妩姜披头散发地趴在条凳上，衣衫上尽是血迹，也是一惊。

他身后闪出一名气喘吁吁的少女，正是灵枢，她见了妩姜的样子就扑上去抱着哭起来。原来她之前偷听到了辰玉告状，立即察觉不对，赶去向柳述通风报信，柳述预感到这件事自己出面也不能完满解决，将自己的令牌交给她去找宇文赞，自己先赶了过来。

宇文赞向来淡定的神情也多了一丝怒意，直视掖庭令："怎么，我赏赐点儿东西给宫女还用得着你小小一个掖庭令来过问？"

钱积纬张口结舌，片刻后才想起来要下跪请安，一迭声地解释，说是抓住妩姜手捧贵重之物，而她又无法解释从何处而来，才以为她盗窃，又辩解说根本没想到二殿下居然会认识一个掖庭宫女。

宇文赞冷笑："我如何认识她的，还需要向你报备不成？以后我认识宫中多少女官，赏赐多少物件，可都要向你掖庭上交清单？"

"不不……不敢……"钱积纬结结巴巴，心里大骂辰玉没搞清楚就来诬告妩姜。

"滚！"柳述朝钱积纬怒喝。

钱积纬不敢多话，唯唯诺诺地将木匣呈上，被柳述劈手夺过。他偷瞄一眼，见宇文赞神情漠然，才知柳述的行为都是经了默许的，猜测到柳述原来是二殿下的亲卫，也不敢再多话，带着被柳述打得鼻青脸肿的太监退了出去。

灵枢扶妩姜进屋，宇文赞和柳述也跟进去，宇文赞安慰妩姜，让她不用担心，后续一切由他来处理。

四

妩姜伤势渐渐好转，调任奉香殿的调令却迟迟不下来，不单是她，连灵枢、高芷的调令都未曾下达，这令她们都很纳闷。

这一日，突然有太监前来传令，要从掖庭调几名宫女去苏贵嫔身边伺候，名单之中包括妩姜等四个人。

苏贵嫔是权臣宇文护的外甥女，刚诞下皇嗣，又是名皇子，锦上添花，更得宇文邕宠爱，这回她要调几个人去伺候小皇子，那是谁也不敢多言的。

只是后宫里各宫嫔妃明争暗斗，她不敢从各宫抽调人手，生恐被有心人趁机卧底，此刻又并非采选时节，她才想到了要在掖庭选几名出色伶俐的宫女来伺候小皇子。

有人向苏贵嫔推荐了妩姜她们，她琢磨了一下，觉得她们年龄小，应该比较单纯，又听说她们在四司选拔中拔得头筹，想来也是聪慧伶俐的，便欣然首肯。

这回倒是雷厉风行，调令一下，次日妩姜她们便被调往苏贵嫔的云阳宫照顾小皇子。

小皇子方出生七天，打理得十分干净，白白嫩嫩，圆圆乎乎的，被裹在刺绣精美的锦缎襁褓中，一双胖乎乎的小手不安分地伸了一半在外头，想要抓住一切可抓住的东西。

第一个将他接过手来的是妩姜，她对于抱孩子并没有经验，在乳母的教导下，小心翼翼地用手臂托着拢在怀中，跟着便感到衣襟一紧，原来是小皇子揪住了她胸前衣衫，亮如点漆的圆眼好奇地打量她，仿佛在思量自己怎么又被转手了。

妩姜正觉得怀里的小娃娃散发着柔软香甜的味儿，又新奇又有趣，忽然便看见他似乎咧开嘴朝自己笑了一下，兴奋得不能自已："啊，魏姐姐你看他朝我笑了。"

乳母魏长君尚且年轻，比妩姜她们大不了几岁，闻言嗤笑一声："别傻了，刚出生的娃娃总要两三个月才会笑的，现在的笑容是无意识的。”

妩姜略显失望，“哦”了一声，转眼看见高芷嘲笑的神色，从她手中接过小皇子。

每个新来的宫人都要先学习如何抱小皇子，并努力和他熟识，这是伺候小皇子的最基本要求。

妩姜看见小皇子到了高芷手里，怀里温暖的感觉消失，不禁有些失落。她第一次接触这样小的婴儿，觉得格外可爱，总想再多抱几下。

苏贵嫔在月子中倦怠易眠，妩姜她们来了一整天都只跟着魏长君学习照顾小皇子，听她讲解各种需要注意的事项，包括小皇子的吃喝拉撒以及其他细致入微的事，这些都要求做到完美，绝不能出丝毫差错。

次日苏贵嫔大约终于睡醒，命人召唤了宫人们去面见她，其实便有亲自筛选的意思。

妩姜从高芷和辰玉抱小皇子的眼神看得出，她们似乎并不太愿意伺候小皇子，但到了苏贵嫔跟前，她们却神奇地变了脸，都是恭敬温顺，浅笑端庄静好，十分得体。

苏贵嫔正侧卧在三扇围屏榻上，支颐打量她们。

“抬起头来。”

妩姜等得了令，才敢缓缓抬头，见苏贵嫔方二九年华，虽然不施粉黛，却依然有倾国之姿，扫向她们的目光看似随意淡然，瞳中却隐藏着锐利的审视之意。

妩姜被她看得有些不自在，袖底的手微攥成拳，有几分紧张。

好在苏贵嫔眸中那丝锐利在注视中渐渐柔和下来，脸上终于泛起了一丝笑意：“挺好的，长得都很可人，看起来也都是性情纯良的孩子，都留下吧。”

顿时个个如获大赦，同时拜下谢恩。

高芷一边流露着谦卑的笑容，一边在心里暗骂，什么时候她这样出身高贵的公主连获得伺候别人的资格都要感激涕零了，她始终坚信自己会有出头之日，到时候要像苏贵嫔一样，即便躺着，也要面露俯视众生的神情，等着所有人恭敬施礼，感恩言谢。

宫女们日夜轮值，无论昼夜都围着好几个人伺候，妩姜和灵枢轮值的时辰被错开，却常与高芷和辰玉同值。

高芷总是居高临下看着婴儿摇椅中的小皇子，即使竭力掩饰也盖不住眼中的厌恶之色。

她自从第一日抱小皇子出去散步时被撒了一身的尿，后来清理尿片的时候又沾上了一手的“黄金万两”后，她对这小婴儿便深恶痛绝，事后不断地洗手，擦到手心手背皮都发红依然觉得有一股尿臊屎臭无法驱逐，她委屈得几乎要哭出来。

辰玉眼见了高芷的遭遇后，变得聪明许多，一旦小皇子出现皱眉噘嘴的动作，便立即转手让给妩姜——这分明是不乐意的征兆，新生儿不乐意，无非是吃喝拉撒，她可不愿意步高芷的后尘去清理“黄金万两”。

妩姜倒是不在意，而且她在魏长君的教导下学得十分认真，总是能很容易从小皇子的神情中解读出他的需要，清理擦洗的时候也轻柔灵活，并不会沾上什么黄白之物。

小皇子在妩姜的怀里也格外乐意，总是舒适地眯上眼，似乎连这小小婴儿也明白谁更喜欢他，谁对他更好。

渐渐地，魏长君不再成日盯着她们，高芷和辰玉开始百般偷懒，只捡些叠衣收拾的简单活儿做，完了便闲适地在一旁聊天，然后一脸嘲弄地看妩姜抱着小皇子轻哼儿歌的模样。

她们私下里窃窃道：“瞧她，还真当自己是乳母了，她就算伺候得再好，也只是宫女而已。”

妩姜从来不理会她们，常和小皇子轻声谈笑，将他当成大孩子一样认真地说话、微笑、讲故事。

而小皇子似乎真能明了她的用意一般，时不时朝她弯起嘴角露出笑容。

每逢这时，他的双眸都格外明亮，似有笑意满溢，小脸蛋白里透红，柔嫩得让人想捏两下。妩姜当然舍不得捏，只是俯下脸轻轻地亲一下他的脸颊，然后就自顾自地“咯咯”笑起来。

转瞬两三个月过去，小皇子已从无意识地微笑变成会自发地笑，而且开始有认人的意念。

这日妩姜未曾轮值，小皇子哇哇大哭，辰玉不得已嫌弃地抱起他，一边腹诽一边努力哄着，高芷有些迟疑地跟着，只怕辰玉随时会将小皇子塞进她手中，两个人估摸着他是饿了，出殿去寻乳母，却在刚踏出殿门时撞上了过来探视皇子的苏贵嫔。

两个人一惊，辰玉刚半蹲请安，高芷却状似自然地从她手中接过小皇子，微笑道：“还是我来吧，怎么在你手中总是哭泣呢？”

辰玉气结，却无法解释小皇子在她怀里始终哭泣的事实。

苏贵嫔见高芷要下拜，出言阻止道：“免礼，别磕着小皇子。”然后缓步过来察看襁褓中的小皇子。

高芷哄了两下不见效，辰玉得意，刚想说话，却听高芷道：“依奴婢看，小皇子这是饿了，只是摇晃哄骗是不行的，需得让乳母喂奶。”

辰玉强忍怒意，心想小孩儿哭了便要吃，这谁不知道，用得着你来废话？

却见苏贵嫔身侧的乳母魏长君上前一步接过了小皇子，哄抱进殿去喂奶，哭声果然止歇。

苏贵嫔赞赏地看着高芷：“你倒是很熟识小皇子的性子。”

高芷谦逊地应了几句，表示自己正是打算出来寻乳母喂奶的。

辰玉在旁边完全被冷落，气恨地轻咬下唇，却暗地将高芷这一招记在了心里。

翌日轮班换值，恰逢辰玉和妩姜同在，小皇子一直在妩姜怀里吮着自己的手指听着她哼歌儿，昏昏然有些想入睡。

辰玉漫不经心地修着自己的指甲，自从被调来伺候小皇子，她原先美丽修长的指甲都被迫剪光了，抱小皇子时是绝不能刮到他柔嫩的肌肤的，对此她心里颇有怨怼。

陡然间她抬起眼帘，看了看外头的天色。

昨日苏贵嫔过来看小皇子时曾提了一句，今日午睡之后要过来看小皇子，辰玉估摸着苏贵嫔便要来了，放下小锉刀去妩姜手里抱过小皇子。

妩姜有些莫名其妙，以往辰玉可是竭力推托，生恐弄个屎尿满手的，又嫌小皇子吵闹不安，令她心烦，除了万不得已极少会接手。今天这是唱的哪出戏？莫非太阳打西边出来了？

辰玉以标准的姿势抱着小皇子，学着妩姜哼着歌儿轻轻摇晃，妩姜正盯着她思索，便听见外头传来细碎的脚步声，苏贵嫔到了。

苏贵嫔来时从不通传，通常都是静悄悄地抽冷子过来，想看看她不在时有没有人敢怠慢小皇子，恰巧昨天见了高芷照顾小皇子的认真神态，心里欢喜才说一句明儿会来，没想到被辰玉抓住了这个机会。

辰玉抱着小皇子恭敬地拜下去，襁褓底下的手指却暗中掐了小皇子一下，原本昏昏欲睡的小皇子登时"哇"一声哭出来。

苏贵嫔慌得忙道："免礼，过来让我瞧瞧怎么了。"

辰玉却笑意迎人道："奴婢看小皇子这不是哭了，而是听见贵嫔您的声音，想跟您说话呢，是不是啊，小殿下？"她边说边低下头，腾出一只手轻轻逗弄小皇子的小嘴，似不经意地将手指尖伸进小皇子哭得咧开的小嘴中。

原来她刚才借着修指甲的动作，暗地里将手指尖上都抹上了一层蜂蜜，指尖都变甜了。

小婴儿不明就里，只知道口中放进了一个极甜的东西，不由得便含着她的手指吸吮，然后下意识地露出甜笑。

"哎呀，我的小祖宗，你吮惯了自己的小手指，可不能吮奴婢的，仔细污了您的口。"辰玉假意拿开手指，小皇子不明所以，眼见着好吃的东西跑了，哇地又哭出来。

苏贵嫔却被他逗得笑了起来，道："看样子他可是喜欢你，就爱吮你的手指，你们每日在抱他之前也都会先净手的，让他吮一下没什么大不了。"

辰玉得了鼓励，微笑着将另一根手指放到小皇子唇边，果然他一口含住了，心满意足地吸吮着眯上了眼。

妩姜冷眼看着苏贵嫔赞赏辰玉，默默地站在一旁。对她而言，小皇子开心是最重要的，像辰玉这样耍一些小手段毫无意义。

况且小皇子一天天大了，很快他就会懂事，并不会永远这么小，这么容易被骗的。辰玉和高芷的那些小伎俩，只合一时，不会长久。

第九章 暗处追凶

一

转眼又是几个月，小皇子七个多月大了，已经会在宫人们的搀扶下踉跄着走路。

小皇子长牙很早，已经出了两颗小虎牙，笑起来嘟嘟的小脸更是可爱，妩姜喜欢得不得了。

此时的小皇子虽然还不会说话，但常咿咿呀呀，而且会认人，成天黏妩姜得紧，高芷和辰玉从前那些小把戏再也不管用，苏贵嫔过来看的时候，都只看见小皇子揪紧妩姜的衣袖不肯离开。

妩姜小心翼翼地扶着他走路，这可是件很吃力的事，长时间地弯腰搀扶着一个学步小儿，还要谨防他摔着绊着，半日下来腰已经酸得发僵。可是小皇子正值学步期，且只要她一个人搀扶，因此她总是不得闲，唯有吃饭和睡觉时才能捶着腰休息。

这种活儿高芷和辰玉自然更不愿意干了，她俩现在总是蛇鼠一窝地聚在一处，唯一的共同语言就是抱怨何时才能被调离这里。在她们眼里，照顾婴儿是全天下最苦的差事，小宝宝是全天下最讨厌的生物。

而且她们再也无法用那些暗地里的手段去获得苏贵嫔的欢心，现在云阳宫上上下下都知道小皇子一日都离不开妩姜。这不必任何人说，每日小皇子黏着妩姜的时间比乳母还多，每晚上妩姜不将他哄得睡着了，是不能换班轮休的。

苏贵嫔看见妩姜小心翼翼地搀扶着小皇子的时候，并没有上前去惊动他们，而是微笑着远远观看，看妩姜如何引导小皇子迈步，如何避开花径间的卵石，连枝叶花木都要离开一小段距离，生恐有刺的植株刺到小皇子娇嫩的肌肤。

妩姜的细腻和呵护，不逊于任何爱孩子的母亲，尽管她只是个十四岁不到的少女，但已经很懂得照顾孩子。

苏贵嫔还看见妩姜也偶尔偷空腾出一只手来捶一下自己的腰，额上都冒出细密的汗珠来，显然她已经很累了，但还是满脸欢悦地陪着小皇子，没有叫一声苦。

这时候的幼儿还不能独自站立，腿还是软软的，完全靠妩姜双手的支撑，才勉强在“走”着，可尽管如此，他还是走得兴致盎然，不肯停下。

又走几步，小皇子突然脚底滑了一下，苏贵嫔惊呼一声，再也顾不得掩藏自己的身形，迈步就想过来。但她很快便看到妩姜迅速跪到地上，让小皇子的身体完全倒在她身上。

对于小皇子来说，刚才似乎是玩了一个有惊无险的游戏，反倒被逗得“咯咯”笑起来。

苏贵嫔上前察看时，小皇子没有一丝擦伤，倒是笑得欢，反而妩姜匆忙地扶着小皇子，保持着跪地的姿势，脸上微微有痛苦之色。

“怎么了？”苏贵嫔眼中流露一丝关切，她刚才分明听到妩姜下跪得太急，双膝“咚”一声叩到卵石上的声音。

那时候她应该是来不及做别的反应，只想着不能伤到小皇子，才以最快的速度屈膝下去支撑小皇子的身体。

“奴婢无事，多谢贵嫔关心。”

苏贵嫔温声道：“还说没事，你的膝盖该摔伤了吧？起来吧。”

不必苏贵嫔吩咐，魏长君自觉地上前去抱过了小皇子，让妩姜能站立起来，果然看见她起身的时候十分吃力，膝盖似乎有些不灵便。

“去屋里卷起裤腿看看。”苏贵嫔微蹙了眉。

小皇子在魏长君怀里有些不乐意，“咿咿啊啊”还伸着双臂往妩姜那里凑，圆亮的大眼无辜地睁着，两腮鼓着，小嘴扁着，似乎再不理他便要哭了。

妩姜看着不忍，顾不得魏长君的反对，接过了小皇子，缓慢而迟滞地跟在她们后头进了小皇子寝殿，在苏贵嫔的命令下才不得已席地坐下，卷起裤腿，果然看见双膝红肿，还擦破了点儿皮。

她原本躬身搀扶小皇子膝腿就很酸痛，又因跪得太急擦伤了皮肤，走路更不灵便了。

苏贵嫔斥责："瞧你，这样了还抱着小皇子，别逞能，魏长君，放她三日假，回头给她些赏赐，让她好好休息一下。"

"不不，奴婢没事的……"

"要听话，万一你的腿因此落下了病根，反倒是不方便了，小皇子可怎么办？"苏贵嫔连训斥时都是柔声细语的，她可很少这样待人温言关切。

妩姜无奈，只得领命谢赏。结果她出殿时，小皇子眼巴巴看着她越走越远，终于明白她不会回来，不由得"哇"一声哭出来。

妩姜听得不忍，再三回头，看见他两条白胖得像藕节似的手臂朝她伸着，徒劳地挥舞，越发地心疼，几次要回去请命，但都被苏贵嫔严厉的眼神制止了。

倒不是苏贵嫔心狠，她只是怕妩姜的腿伤延搁了越来越重，更照顾不了小皇子。

高芷和辰玉见到云阳宫那边的赏赐成箱被抬来时，又妒又恨，眼见着妩姜收进妆奁中的金银翠饰散发着光芒，成匹顺滑轻薄的丝缎搁满屋角，还有提篮中满满的佳肴细点……为什么这死丫头到了哪里都这么好运？在掖庭四司教习都希望将她收归本司，到了云阳宫，连苏贵嫔都这么看重她，也不知道是耍了什么手段。

两个人越看越觉得妩姜的谦恭是心怀鬼胎，脸上的微笑是得意的炫耀，甚至连妩姜真诚地说这么多布匹做成成衣也穿不完，让她们拿一些去，都觉得这是在示威。换作往日，能有这样的轻罗软缎，她们还不欢喜无限？

两个人气咻咻地出了屋，四目对视，都从对方眼里看到了同仇敌忾的意味。

三天后，妩姜也好得差不多了，原本就只是累的，她年轻身体底子好，睡一觉便好了，膝上的皮外伤也早结痂痊愈，琢磨着今日该去小皇子寝殿了，便早早起床叠被整理床铺。不想无意中手摸到枕下有一物，硬硬的、凉凉的，她纳闷地摸出来一看，发现竟是一枚雕工精美的金镶玉长命锁。

妩姜一凛，这锁的雕工如此巧夺天工，镶的软玉白如羊脂，这不分明是小皇子满月时宇文邕亲手给他戴上的吗？

此时的妩姜已非在掖庭时的心思单纯，待人毫不猜忌，在四司选拔中她屡被陷害，早有了提防之意，此刻见到这枚锁，立即想到是有人要陷害自己。她心中急速地转念，知道这会儿悄悄将金锁送回去肯定来不及；藏起来的话，她们憩息的这屋子不过方寸之地，一搜便知。有人决意栽赃陷害她，搜查的人必定即刻会来，须臾之间要想个万全之策应对，又哪是容易的事？

二

“咚咚”的敲门声响起，还未及妩姜起身开门，那扇虚掩的门已经被人不耐烦地推开，显然那几声敲门声只是门外的人自恃身份，不愿失礼的敷衍而已。

当先的是苏贵嫔近身宫女苏芫和皇子乳母魏长君，后头跟着几名宫女，左右排列，将苏贵嫔合围在中央，其中就有满脸得意的辰玉。

魏长君平日和妩姜相熟，关系也不错，虽然面色端严，但眼里还是隐隐有关切之意的。可苏芫因是苏贵嫔娘家的人，仗着苏贵嫔的身份，在宫里向来是不拿正眼看人的，此刻将下巴扬得高高的，冷眼傲视妩姜，便打算替主子发话。

可妩姜只是抬眼朝她们看了一下，抿嘴一笑，从容不迫地将手中的物什放下，然后伏下请安。

这时候所有人也都看见，进门时妩姜正低头跪在一张小几前，认真而仔细地拿细绢擦拭着什么，直至她放下那物行礼，才看清那正是之前遍寻不获的金锁。

苏贵嫔眼中有意外之色，如果按辰玉举报之言，妩姜应该是盗窃了金锁，又怎会这样光明正大地拿在手中擦拭？她的目光上下逡巡着，想从妩姜身上找到一丝不安的情绪，然而没有。

苏芫虽然傲慢，但面对这样的情形也说不出话来，好容易才想起不能输了苏贵嫔的气场，勉强提起气势喝道：“你手里拿的是什么？”

妩姜似乎有些惊讶：“苏芫姐姐难道看不出这是小殿下的金锁？”眼中的疑惑仿佛是在质疑苏芫一样。

苏芫有些气结，刚要开腔斥骂，便听魏长君轻声道：“小殿下的金锁从昨夜起便丢失了，大伙儿一直在寻找，遍寻不获，怎么会在你这里？”

妩姜一脸无辜：“怎么会丢失了呢？明明在我这里清洗啊，这上头有些污渍……”

苏莞呵斥："胡说，金锁戴在小殿下脖子上从不乱丢，哪里来的污渍？"

辰玉也跟着壮声势："你明明因腿伤休假三日，怎么可能拿这金锁清洗？"

妧姜正要开腔，听见门外传来灵枢惊讶的声音："咦，怎么这么多人……啊，奴婢参见苏贵嫔。"

堵在门口的人齐回头去，看见灵枢端着一小盆清水吃力地下跪请安。

"你这又是做什么？"苏贵嫔终于发问。

"奴婢刚去打清水，过来给妧姜擦洗小殿下的金锁。"

辰玉隐隐觉得有些不妙，事态的发展似乎不如她的预料。未等她开口，苏莞冷笑："这事可奇怪了，你也知道金锁在妧姜身上？"

"是呀，昨日奴婢轮值，发现小皇子颈上金锁的红绳断了，掉落在地，沾染了灰尘，想起妧姜手巧，善编绳结，于是带回来让她给重结一下红绳。她说红绳掉落在泥污中有些脏了，于是我便打水给她清理。"

辰玉又气又急，情势急转直下，眼看她从举报变成诬告，自然不甘，冲上前两步指着金锁道："什么重结一下，这红绳明明就是小殿下脖子上原来那根……"

妧姜纳闷地看着她："天下红绳都一样，你何以认为这就是原来那根？"

辰玉张了张口，小皇子脖子上结的红绳自然是品质最好的，久戴而不褪色，依然如新。"这结绳的花样都是一样的！"

灵枢"哧"一声笑："不然怎么说妧姜手巧呢，她编织的东西，本来就能与原来的丝毫不差。"

辰玉彻底说不出话来，脸色变得苍白。

好在苏贵嫔倒是没有计较，只冷冷地扫了辰玉一眼："事情未弄清楚便先下定论，闹好大个笑话。好在金锁也没有丢，这件事便就此作罢了。"然后吩咐妧姜，"清洗完毕带来云阳宫，这三日你的腿也该好了，该复职了。"

"是。"妧姜低头应诺，然后听见苏莞从鼻孔中发出一声不屑的冷哼，一行人跟在苏贵嫔身后施施然离去。

一场风波化解于无形，灵枢端着清水盆进来，重重放下，吁了口气："好在我来得及时，否则她们不一定相信你的话呢。"

妩姜点头微笑："也幸好你说的话恰好和我对得上。"

"其实我远远已经听到她们说话，才临时配合了你一下，这盆水本是我打来洗漱的。"灵枢跟着蹙眉，"是谁想要陷害你？"

"你还没看出来吗？"

"辰玉？"

妩姜轻叹了一声："只怕她背后还有个合谋的，只出主意不现身呢。"

被她们提到的辰玉，正一脸气急败坏地对着高芷诉说刚才捉贼的经过，高芷淡定地听完，心里先是对于妩姜的走运表示不忿，继而又对辰玉告状碰了一鼻子灰幸灾乐祸，她就知道这种事赶着出头的都没什么好结果。但表面还是一脸同情，和辰玉一起痛斥妩姜的狡猾。

"也许我们还能想点儿别的什么法子。"辰玉瞥了高芷一眼，她何尝不知道两个人的关系只是建立在相同目标的基础上，这样的合纵连横其实维持的只是表面和平。

高芷沉吟："让我想想……"

但不管她们怎么算计，对妩姜而言，一场风波总算是暂时消弭于无形。

妩姜这日当值回来，见灵枢心事重重地坐在室内唯一可称作妆台的桌前，拿着梳子在发愣。她复职后，照顾小皇子总是多些，有时候便忽略了别的事，这时忽然想起近日灵枢似乎有几次都心不在焉，仿佛有什么心事。

"你在想什么？"

灵枢被她吓了一跳，蓦然惊醒过来，看了看她，然后叹气。

"你好像很不开心啊，有什么事不能对我明言？"

灵枢四下看看，又朝门外探了探，妩姜有些领会，道："她俩还在当值。"

"不是我不想对你说，这几日她俩总有一个在，我不敢对你说。"然后灵枢便说起近日自己照顾魏长君多些，常与她相处，便发现她梳头时头发大把掉落。

自然魏长君自己也知道，但并没有放在心上，她刚产子便被挑选入宫，产妇易脱发，何况她常思念自己的孩子，却不能见面，以为只是思念多虑所致。

如果是单纯地脱发，或许灵枢也会相信这些原因，但她无意中发现魏长君的指甲颜色也变了，隐隐有些紫黑，以她所了解的医学知识来判断，魏长君有可能是中了毒，而且是慢性中毒，只是毒性她还判断不出。

妩姜陡然听闻这样的消息，不由得周身一寒，跟着心中发紧，魏长君只是皇子乳母而已，况且入宫不久，论地位其实算不上太高，论仇杀，她根本不可能在短期内得罪什么人。那么她中毒唯一的原因，自然是有人想利用她来令小皇子中毒。

乳母中毒，毒性入乳汁，继而造成小皇子中毒……之所以不直接对小皇子下毒，无非因为他不过是个乳儿，除了母乳外还未曾开始进食别的东西，伺候的人又众多，每日都有好几个人围着，想要下毒着实不易。

妩姜看着灵枢，两个人显然想到一块儿去了。

"此事不宜声张，我们得先暗中查清楚。"

灵枢点点头。

三

两个人合计了半日，决定先从魏长君的饮食习惯入手。

魏长君除了伺候小皇子，给皇子喂奶，自己的生活起居也另有人照顾，灵枢她们轮空的时候就会去照顾她。她生性和顺，对任何人都不会摆架子。

但是她平日活动的范围也有限，为了随时解决小皇子的饮食，她虽然不会寸步不离，但闲暇时也多是在自己屋里休息或者在苏贵嫔那里伺候，总之绝不会离开小皇子寝殿百步。

妩姜和灵枢里里外外都查过，包括魏长君的衣物、佩饰、发油，均没有任何问题，那剩下最大可能就是在饮食之中。她们仔细观察过，魏长君平日最爱吃的便是御膳房的一道点心，隔三岔五会让御膳房做了送过来，其余时候倒并没有太多讲究，常和宫女们一处吃，大家围坐一席，饮食不分彼此，如果她中毒，别人也会中毒。

看来问题就出在这道点心上。

妩姜与灵枢商量好了，一个人在魏长君吃点心的时候与她说话分神，一个人在另一边，偷偷拿了一小块点心藏在袖中带出去。

很快她俩在园中会合，妩姜从袖中拿出那块点心来，是芸豆卷。雪白的芸豆卷和中间的豆沙馅闻起来有一股清香，似乎盖住了一股别的味儿。

灵枢仔细闻着，只能辨认出里面掺了别的东西，但还不能断定究竟是什么。豆沙的甜恐怕早盖过了掺在里面的异味，她只能和妩姜商量一下，决定拿去给马敬远辨别。

马敬远身为司药丞，对于药性、药味和药量的掌握无人可比，他拿到芸豆卷后仔细地闻了又闻，然后小心拿银刀切开，再仔细察看。

“有蟾酥……蝎毒……不对。”马敬远摇一下头，又摇一下头，然后神色凝重起来，“还有鹤顶红……真奇怪啊。”

“怎么奇怪了？”

马敬远没有答话，只是再闻了几下，然后用手轻轻沾了一点儿，放在舌尖抿了一下。

妩姜惊呼："不可！"

马敬远看了她一眼："不用担心，依你们所言，魏长君这么久才出现一点儿中毒迹象，那毒量一定很少很少，每天下一点儿，她每天吃几块糕点，才会在体内日积月累，出现中毒症象，断不会浅尝一下便中毒的。须知除了极少数令人立死的剧毒，大多数毒物其实是可以入药的。"

"可是我还是很担心。"妩姜不安地看着他，灵枢也点点头。

马敬远在舌尖品尝了一下，闭上眼似乎在思索什么，过了良久才点头："这应该是几种剧毒混合所致，有可能是一种毒虫被自幼喂养各种毒长大，然后再提炼出来……数种毒性叠加，更为剧烈不说，还不易被人察觉。"

灵枢吸了口凉气："怪不得我感觉不出这是什么毒，可这……"

"我们应该从御膳房着手查起。"

马敬远看着她们："你们有想过吗？这件事若揭发了，御膳房首当其冲要受牵连，哪怕不是他们中的人下的毒，也会治个管理不当之罪？"

两个人面面相觑，首先想到受牵连的可能是秦瑞，于是沉默下来，没有说话。

马敬远道："你们仔细想想再谋对策吧，这件事当我不知道。"他倒是油滑老到，这件事只要与他无关，后果也就没有一点儿关系，决定权全在妩姜和灵枢手中。

两个人出了太医署，默默无语。宫中的关系错综复杂，她们俩都是全无背景的最低等宫女，现在哪想得出什么主意来？

妩姜忽然想到了摩煊。他的主意向来是最多的，而且之前四司教习也曾私下谈论过他学识渊博，才智非同常人，一切事情只要问他，想来都能迎刃而解。

自从被调离掖庭，来云阳宫伺候小皇子，她便再也没有去掖庭送过饭，但毕竟这两年已经和看守的狱卒混得很熟，而且近一年来再也没有人去提审过摩煊，似乎他早被人遗忘了，估摸着她偷溜去看一下摩煊也不会有事。

决定了之后，妩姜借御膳房的地方做了一些食物，然后挎了提篮往诏狱走去。

狱卒依然像从前一样，冷漠而阴沉，但妩姜说了几句好话，送了他一瓶酒，他便同意让她进去。

敲响那扇铁门时，摩煊的声音在里面响起："不是刚送过饭吗？"

然后摩煊的面容出现在小铁窗后，两个人都愣了一下。

数月不见，他又恢复了须发凌乱的模样，想来妩姜走后再也没有人给他打水洗漱，胡须也未曾修理过。他也很是惊讶，没想到妩姜会过来。

"你还来做什么？"她不是将他教授的都已经背得烂熟了吗？何况她已调离掖庭，为何又会过来？

"我来看看你，许久没过来了。"

摩煊审视她良久，看得她几乎要低下头去，然后才淡淡道："你有心事。"

果然什么都逃不过他的眼，她低头将提篮递进去："我做了点儿吃的给你。"

摩煊接过去却只放在桌上，然后继续看她："有什么话就说吧。"

妩姜犹豫了一下，还是将事情经过都跟他说了一遍。

"所以你找我，是想让我替你做决定？"

妩姜点点头："马大人认为此事报上去会对御膳房不利，但是不报的话，小皇子该怎么办？"

摩煊看着她："那你就找错人了，这种事应该由你自己拿主意，而不是问我。"还未等妩姜开口，他又道，"还有，以后不要再事事请教我，该学着自己思索，自己决断。上次我已经提醒过你了，你对我的依赖到此为止，从今往后所有的事都只能靠你自己了。"

妩姜没想到他居然会断然拒绝，愣在那里，有些彷徨无措的感觉，委屈地攥着自己的衣角看着他。

"你走吧，以后不要来这种地方，我也不想再见你。"摩煊甚至扭过头，再也不理她。

妩姜不知是什么滋味，只觉得心中仿佛少了什么，空落落的似无所依，脚步迟滞地离开了诏狱。

没过一会儿，诏狱的阴影中走出一个人来，轻裘缓带，眉目间依稀与宇文赟有几分相似。

“宇文赟，下毒的事是你做的？”摩煊侧过脸，冷眼看着门外的人。

即便隔着那么远，中间还有一道打不开的铁门，可宇文赟依然感受到了他目光中射来的寒意。身为宇文邕的皇长子、未来储君的候选人，宇文赟还从未对任何人如此忌惮过，被他质问了之后居然没有恼羞成怒，而是干笑两声：“当然不是我，我为什么要对一个无知小儿下手？”

摩煊冷笑一声，不置可否。

宇文赟有几分恼怒，他还从未被人如此大不敬过，但更让他无法忍受的是摩煊那种似乎早已洞悉一切却懒得揭穿的神情。他咳了一声：“不过下毒之事虽与我无关，我却能令它与刚才那个小宫女有关，你信不信？”

摩煊冷眼看他，沉默着。

“你不会无动于衷吧，昭明太子的后人？”宇文赟刻意加重了最后的称谓，脸上充满恶意的笑容慢慢扩大。

摩煊冷冷道：“我的身份并不是什么秘密，要让它成为秘密的，是你们宇文氏的皇族中人，你应该明白它不可能作为威胁我的利器。”

宇文赟露出一丝狡诈的笑容：“我当然知道这个身份威胁不了你，我说的是那个小宫女，她和你关系非比寻常吧？”他其实并没有想到会这么容易便得到了摩煊的默认，心里多少有几分惊喜。

前朝赫赫有名的前南梁昭明太子萧统，学富五车，才定天下，若不是当年南梁帝一意孤行，专断独行，又疑心昭明太子篡位，又何至于最后落得亡国的下场？只可惜昭明太子英年早逝，南梁亡国后，传说昭明太子的后人继承了他的才学。

若不是高芷无意间偷听到四司教习私下里谈论昭明太子的后人，将他的才能说得上天下地无人能及，她也不会由此联想到妧姜屡次献奇计的事。之前她就疑心妧姜背后有高人相助，又听教习们谈论昭明太子的后人在乱军之中失踪，不由得想到这个神秘的昭明太子后人很有可能不是消失，而是被宇文氏掳来秘密关押在某处。

皇宫中最神秘的牢狱当数诏狱，而历来出入诏狱送饭的只有妧姜，难道说，历次在妧姜背后出谋划策的便是那个神秘的昭明太子的继承人？或者至少是与他有关……

四

高芷细细思量之后，开始衡量如今朝中局势。

当今皇帝宇文邕是个不好女色的人，曾说过：“弘赞后庭，事从约简。”意思是后宫能省则省，他的所有嫔妃不过七八个人而已，因此皇族人丁并不兴旺，成年皇子不过大皇子宇文赟、二皇子宇文赞而已。眼见着朝臣纷纷请命立太子事宜，宇文邕也有此意向，太子之位想必会在这两人之间产生，其余皇子尚且年幼，断无立一个无知小儿为太子之理。

但衡量二人在朝中朋党，宇文赟野心勃勃，早些年便在拉拢势力，广结党羽，其母李夫人又是宇文邕宠妃；相较宇文赟，宇文赞的性情显得淡泊许多，从无名利之争，又不擅结党营私，显然势力较弱。

高芷想明白后，便悄悄去找了宇文赟，将这消息透露给他。

宇文赟一点便透，即刻来到诏狱，却碰了摩煊的钉子，这位阶下囚显然半点儿也不买他这个准太子的面子，完全不理会他是谁。不巧的是，妧姜此刻过来，联想起高芷所说的话，宇文赟断定这小宫女和摩煊关系特殊，必定会受她牵制。

“你是当朝皇子，而我只是个亡国奴、阶下囚，又能为你做什么？”摩煊很清楚宇文赟拿妧姜要挟他必定有所图谋，便直截了当地问。

“扶我上位，立为储君。”

摩煊看着他，没有答话。

宇文赟的野心昭然若揭，可是若不答应他，妧姜将面临危险，隔着这道铁门，他纵有通天之才也难保妧姜。

宇文赟见他一直沉默，又补了一句：“我不会平白让你为我献策，他日只要我登基为帝，必定还你自由。”

妧姜丝毫不知道她走后诏狱阴暗的地牢里会有与她相关的交易，她只是茫然地回到云阳宫，继续着她的宫女生涯，伺候着小皇子。

那件事如鲠在喉，每日看见魏长君掉落的头发和颜色加深的指甲，妧姜和灵枢都惴惴不安，生怕哪日听到不好的消息。但是她们也都无法决断，只能日复一日地内心煎熬。

“元儿……元儿，过来这边。”苏贵嫔柔声逗弄小皇子，想看看他能否独立行走。

但是刚学步的小皇子似乎已经没有了前些日子的好奇心，只回头朝她笑了一下，然后低头继续玩弄自己手里的小拨浪鼓，也不会用力摇，只是缓慢地拿在手里翻过来掉过去地看着，仿佛上面有什么新奇的东西。

苏贵嫔微微皱眉：“这孩子，近来怎么安静了许多？”以前他可是每天都要努力从宫女们手里挣脱束缚，时刻想着独立行走的。

高芷在旁笑道：“小殿下这是小小年纪便有了皇族风范，沉稳庄严。”

一句话说得苏贵嫔微笑起来。

“别人家的孩子这时候都顽劣异常，只有咱们小殿下天生睿智过人，气度端凝，一看就非凡夫俗子。”高芷说着轻轻拿过小皇子手里的拨浪鼓，他很顺从地让她拿过去，还抬头朝她看看，脸上没有什么表情，完全不像寻常孩子被夺了心爱玩物的模样，会大哭或者抢夺。

“瞧小殿下多大气。”高芷又赞了一句，然后笑着对小皇子道，“小殿下，这拨浪鼓不是这么玩的，奴婢摇给您听。”她举起拨浪鼓摇得“叮咚”作响。

然而小皇子依然只是循声望了一眼，似乎并不感兴趣，脸上一点儿笑容也没有，而且很快便低下头去。

这下连高芷脸上都有几分尴尬了，她将拨浪鼓交给小皇子，放柔声调：“小殿下，您试试。”

小皇子迟缓地摇了两下，然后又专注地盯着拨浪鼓看上了。

妩姜在旁看着，心里一阵阵寒意上涌，她很清楚小皇子这不是越来越乖了，而是越来越呆滞了，漆黑的眼中已经少了从前的灵动之意。近来他对许多东西失去了好奇心，而且渐渐嗜睡，显得乏力，有时候手都握不牢拨浪鼓，会任由它掉落在地，也不去捡。

而苏贵嫔因高芷刚才几句奉承而疏忽了小皇子的神态变化，只是微笑着过来抚摸小皇子的发顶，温柔地看着他摆弄拨浪鼓。

妩姜紧咬牙根，她决定要沿着御膳房的线索查下去，她暗自揣度，只要追查到下毒的真凶，应该就不会连累到秦瑞和其余御膳房的人了吧?

看了一下天色，她到了换班轮值的时间，很快灵枢过来跟她和高芷轮换，两个人便向苏贵嫔行礼告退，照例她们是不会同行的，高芷倒也没有注意她去了哪里。

妩姜悄悄去了御膳房，这个点还早，魏长君的夜宵应该差不多是戌正时分送去，所以御膳房可能会在酉时为她准备糕点。御膳房的糕点房此刻是没有人的，她悄悄潜进去，找了一口空的大缸蹲进去，然后将盖子留了一线缝隙，可供她往外查探。

等得妩姜昏昏欲睡时，她听到了沉缓有节律的脚步声踏入，跟着尚膳师傅陈兆的身影出现在眼前，但是只有他一个人。像他这样已经混到尚膳师傅身份的，一般下厨时都会有打下手的杂役，烧火起锅和面粉这种粗活该由杂役来干。

陈兆却没有犹豫，直奔灶台后，开始点火添柴烧膛，动作麻利。自然，这些尚膳师傅在没有晋升到如今的地位时杂活也是干惯了的，手底活也不会含糊。

跟着陈兆将柴火挑得小小的但又不灭，开始烧水。

烧水的时候，陈兆没闲着，揭开一只锅盖，拿出一盆白色的像和好的面粉一样的东西，妩姜认得那是处理好的芸豆泥。

这芸豆泥要磨碎去皮煮烂，再搓成粉才算成泥，很是花费工夫，看这模样是提前有杂役备好的。

陈兆将芸豆泥搓成圆条压扁，然后抹平，铺上芝麻豆沙馅，再盖上湿布压实，最后卷成圈，切成芸豆卷，拿了蒸笼架上，再隔水蒸热。

这一切动作纯熟老练，完全看不出有什么问题。

妩姜越发纳闷了，努力探头想看，却又怕被发现，只能眼睁睁看着锅里的蒸汽升腾，陈兆将起锅的芸豆卷端出来，然后吹着手，一只只排列整齐，装进食盒。

难道这中间有误会？下毒的竟然不是做糕点的师傅？那这种时候他为何要一个人做糕点，连打下手的也不用……

妩姜正想着，忽然看见陈兆小心翼翼地将剩下的芝麻、豆沙、枣泥和成的馅拿黄油纸包起来，然后捏成团儿扔进垃圾桶，还不放心地又扔了一把柴草上去，然后才提着食盒出了门。

这个动作引起了妩姜的注意，她估摸着陈兆走远了，跳出来就去翻垃圾桶，也顾不得脏臭，好容易翻出那个油纸包。

好好的还剩下那么多馅儿，即使怕留到明天会坏，也可以做别的糕点，他为什么扔了？而且还拿油纸包好了扔掉，再盖上柴草？难道问题就出在这包馅里？

妩姜打开油纸包闭目闻着，果然……

门突然被推开，妩姜猝不及防地抬头，看见陈兆凶神恶煞地站在门口，眼里的寒气仿佛要将她劈成两半。

妩姜心知糟糕，拿着纸包后退。

“交出来。”陈兆的声音带着杀气，眼神里半点儿不留情。

“不！”

陈兆冷笑：“你拿着那东西干什么？想偷点心吃，这里多的是。”

妩姜咽了口口水，盯着他：“你知道我手里是什么，不然不会跟我要。”

陈兆挑了挑眉：“就是一些芸豆卷的馅而已，做剩下的，怕留到明日会坏掉就扔了。”

“这里头有毒，而且是好几种剧毒！你拿这个打算给小殿下的乳母魏长君下毒，你……你是打算害小殿下！”

陈兆听了这话，知道再解释也无用，脸上神色多了一分狰狞：“知道就少管闲事！你留着那玩意儿也没用，否则……哼哼，等着瞧！”

妩姜紧紧地捏着纸包，倒退了几步，眼见着陈兆步步逼近，她仗着个头小、身形灵巧，猛然从陈兆身边擦过去，发全力逃跑。

陈兆没想到她居然敢逃跑，跟着追去，但手里提着食盒，跑太快里面的芸豆卷必然要在剧烈晃动中粘成团，看这天色再做已经来不及，他追了一阵只能停下来，咬牙瞪着妩姜越来越远的背影："别以为你逃得了，就算我不理会你，你也是瓮中之鳖。"

第十章 与君诀离

一

转眼小皇子周岁宴，宫中循例是要大肆操办一番，虽说规模不如太后寿诞，但谁都知道宇文邕中年得子，对这个小皇子是格外宠爱，苏贵嫔又非寻常嫔妃，这时候抢着奉承苏贵嫔和宇文护的朝中臣子不在少数，自然是喜庆盈门。

宫中庆典照规矩是在太极殿举办，周岁诞那日，太后、帝后及嫔妃等都齐聚一堂，个个都华服峨冠，俪影云鬓，看来与从前的每一场喜庆宴会并无不同。

席间恭贺谀词自然如潮水般涌来，但也少不了绵里藏针的明嘲暗讽。前者来自想要攀附苏贵嫔和宇文护的，后者来自后宫中平日与苏贵嫔争风斗宠的一些嫔妃，其中便有周帝宇文邕的宠姬柳昭仪。

同为得宠，苏贵嫔和柳昭仪之间还是有区别的，明眼人都知道苏贵嫔受宠与宇文护的权势滔天不无关系，可柳昭仪受宠，完全是因为她的美貌妖娆、善度君心。因此即便是在苏贵嫔面前，柳昭仪的风头也是毫不逊色的。

偏偏这回生了儿子的是苏贵嫔，而柳昭仪在这之前只生了个小公主，哪怕宇文邕再怎么千般宠爱，她始终觉得自己被苏贵嫔压过了一头，心里堵着一口气出不了。

柳昭仪眼见着乳母怀抱着的小公主伶俐可爱，而且一周岁多的小姑娘已经会喊“父君”，逗得宇文邕一直“呵呵”直笑，柳昭仪计上心来，微笑道：“苏姐姐，说来元儿也是一周岁了，我记得我们宁儿一周岁时牙牙学语，已经会叫娘亲和父君了，怎么我看元儿一直如此安静，没听他叫一声父君呢？”

没等苏贵嫔说话，宇文赟的生母李夫人便似笑非笑地加了一句：“有些孩子大约学说话较晚些，咱们赟儿也是一周岁夜宴那晚突然叫了一声父君的，之前怎么教他都有些吐字不清晰。”

生过孩子的嫔妃们回忆一下，周岁的孩子哪怕说话晚的，也基本会唤一些单字了，如“娘、爹”之类简单的字眼，有些说话较早的，都能简单表达自己的意思了，例如，索求心爱的小玩意儿，索要想吃的东西，摔倒了会说“疼”，这些小皇子宇文元都不会。

于是目光都集中在魏长君抱着的小皇子身上，连宇文邕都微微皱起眉来，似乎也想到了小皇子尚不会说话这一点。

苏贵嫔有些心慌，平日也没有人敢提这事，生怕说了便有人说小皇子不够聪颖，她初生孩子，满心疼爱，完全没有往这方面想，听别人这么一说，才觉得自己的儿子果然有些乖得过分了，除了“咿咿呀呀”发一些无意义的音节外，竟然还不会唤人。

她暗中咬了咬牙，强笑着让魏长君把小皇子抱过去，想要让他开口，哪怕是唤一声“娘”，也算堵了众人的口。

魏长君明白她的意思，将小皇子交给她之后，拿糕点柔声逗弄着：“小殿下，这是您的娘亲，来，唤一声……”

但小皇子毫不配合地低头拿手指拨弄他脖颈间的小锁，看都没看她手里的糕点一眼。

魏长君强笑了一下：“这块糕点小殿下兴许不喜欢，换……”突然之间，她觉得气窒胸闷，一股说不出的烦恶之意上涌，仿佛是想吐。近来脾胃不和，常不时呕吐，但这种场合怎能容得她失礼？她只能拼命忍着，努力转过脸，想要深吸一口气，将这种昏沉恶心的感觉忍下去。

但是随即更猛烈的呕吐感袭来，与此同时伴随着胸腹间剧烈的疼痛，魏长君再也忍不住，热流“哇”的一声从口鼻间喷涌而出，喷出的全是紫黑色腥臭无比的液体和酸臭的宿食，周围所有人都未能幸免，哪怕她及时侧过了脸，苏贵嫔和抱着的小皇子身上也免不了沾染了一些。

苏贵嫔一惊，抱着小皇子“唰”地站起，这下所有人的目光都转移到魏长君身上。

宇文邕厉声道：“大胆贱婢，竟然敢如此失礼！”

可是随着他一声呵斥，魏长君的身子已面朝下倒了下去，跌在她自己呕吐的一地污物之中，重重地摔趴下，身体只抽搐了几下，便了无声息了。

宇文邕满腹的怒意便转为疑惑，愣了一下，目光转向苏贵嫔：“这是怎么回事？”

苏贵嫔也是一脸失措，望着他道：“臣妾也不知所以，不如请太医过来看看？”

宇文邕皱了皱眉，虽说魏长君只是名皇子乳母，可就这么倒在宴席上置之不理也太不像话，总不能看也不看就拖出去扔到宫外，只得首肯。

很快有太医过来，忍着满鼻恶臭搭脉翻眼皮，检视了片刻摇头：“没了。”

“拖出去拖出去！”已经有嫔妃举袖掩鼻，一脸厌恶之色。

但太医却一脸审慎，躬身凝望苏贵嫔道：“微臣想请教苏贵嫔，这位乳母平日可有暗疾？”

“没有。”苏贵嫔摇头，乳母入宫也是要经太医检查身体的，有暗疾的怎么能入宫成为皇子乳母？

“那么，微臣可以断言，她死于中毒，而非疾病。”

满殿一时寂静，喧闹嘈杂声完全静止下来，每个人都是一脸震惊。

皇子乳母中毒身亡，而且这事发生在太极殿上，难道会有人专门拣这个时候对区区乳母下手？

宇文邕沉声道：“在寡人夜宴上居然敢对皇子乳母下毒，这到底是何人所为？”

太医答：“回禀陛下，依微臣愚见，这位乳母可不是刚中剧毒而死。”他反身举起魏长君的手，指甲呈紫黑，指尖已乌青变色，再抽了她绾发的花簪，拨了拨她的头发，稀疏的发间头皮依稀可见，但同样是异样的颜色。

“陛下请看，乳母长发稀疏，显然落发已有段时日，她自己或许早有察觉，但并未重视，因妇女生产后一年内都可能有头发脱落迹象，所以也没有别人留意此事，但这应该是慢性中毒之兆。”

“慢性中毒！你的意思是……”

正说着，殿下有喧闹之声传来，似乎有人在争执什么。

宇文邕本就满腔怒火，此刻语气更不好，提高嗓子喝道："谁在外头闹腾？拖出去重责二十板子！"

外头通传："禀陛下，说是苏贵嫔身边一个小宫女，她说即便要治她死罪，也要等她面君进言再说。"

"一个小宫女居然有这胆量？"宇文邕冷笑，"便让她进来说说看。"

柳昭仪插口道："陛下，一个小宫女能说什么正经话？这时候处理那个……事更重要。"她有些嫌恶地锁起两道好看的秀眉，无论如何，一具尸体和一地恶臭总不是大家乐于面对的。

"就因为是个小宫女，左右掀不起什么风浪来，听她说句话又何妨？"到底是一国之君，宇文邕已经恢复了镇定，挥一下衣袖令人放行。

妩姜脚步匆匆地进了殿，骤然间见了俯伏在地的魏长君，她止不住发出一声短促而压抑的惊呼，跟着脚步呆滞下来，眼泪便簌簌而下。

宇文邕皱眉道："寡人让你进来，可不是看你哭的。"

妩姜已经明白了一切，她更知道此刻不是悲伤的时候，她怀里揣着唯一的罪证，可不能让魏长君白死。她咬牙忍下悲伤，上前跪下，垂首道："奴婢有事上禀陛下。"

"说。"

"说来正与魏姐姐的死因有关。"妩姜从怀里摸出油纸包摊开，双手奉上，"请太医查看。"

太医疑惑地接过去，先是凝眸察看了一阵，然后放在鼻端闻了闻，又用手指轻捻一下，脸色一变："好多种毒混合……这究竟是什么毒物？幸好这里头毒量轻微……可是不对呀……"

妩姜莫名其妙地看着他，不明白哪里不对。

"你继续说。"太医却不往下说了，反而催促她。

妩姜便将这些日子和灵枢的发现及尚膳下毒之事和盘托出。

宇文邕脸上没什么表情，但从眼神看，却是很认真地在听，妩姜说罢，他才开口："去提尚膳陈兆和宫女灵枢。"

宇文邕既然这么说了，就算不是全信了妩姜的话，至少是取信了她所指的查断方向。

妩姜心里忐忑不安，她并没有因此便乐观地认为立即能查个水落石出，陈兆威胁她的话言犹在耳，他没有十足把握是不敢如此说的。

很快陈兆和灵枢被分别带到，跪在殿中。

二

先被审问的是灵枢，她的回答与妩姜完全一致，只差没亲眼看见陈兆下毒。

轮到陈兆时，他却泰然自若，仿佛早有心理准备，侃侃道："陛下圣明，这事一看便知是这两个丫头联手嫁祸于臣。首先毒物在她们之手，却说从臣手中夺得，看看这小丫头的身板，真要从臣手中抢什么，难道臣居然夺不回？其次她们说早已发现乳母魏氏中毒，为何当时不报，却延误到魏氏死亡？居心何在？最后，臣与魏氏素不相识，何来仇怨？只有她们日常相处，不知何时结怨，才有可能下了杀心，暗中毒害，然后嫁祸于臣。"

陈兆言辞凿凿，咄咄逼人，微带冷笑地看着妩姜。

妩姜毫不畏惧，迎着他的目光答："陛下，奴婢也能说一下自己的理由吗？"

见宇文邕点了点头，她对陈兆侃侃道："第一，尚膳师傅认为我怀揣毒物就是下毒，如果真是如此，我要做的应当是将毒物销毁而不是当堂拿出。第二，若我有心嫁祸，要嫁祸与我相熟的人方可信，偏要嫁祸与我毫无干系而且很少接触到的尚膳师傅？第三，就算这一切成立，我要嫁祸于你，也该是将这毒物藏在你身上或者你的住处。"

陈兆倒是没想到这小丫头居然这么口齿伶俐，怔了一下，竟没想出话应对。

宇文邕见双方各执一词，不禁皱起眉来，论实证，两个人都拿不出；论说理，各不相让，听来也各有道理。

正僵持时，高芷忽然抱着小皇子越众而出，半跪行礼，道："陛下，奴婢看，此事还得着落在小殿下身上，不如先让太医令为小殿下诊明如何？况且魏姐姐已死，小殿下有可能也中毒不轻，还要顾及他的安危呀。"

高芷原跟着魏长君入殿照料，在此之前并没有人留意到她，魏长君暴卒后，苏贵嫔又听闻下毒之事与小皇子有关，六神无主，高芷便趁势接过了小皇子，并加以安慰。

宇文邕觉得高芷言之有理，便令人去宣太医令。

不时太医令到场，详细为小皇子把脉诊断，全身检查了一遍之后，又去察看魏长君的尸首，从发间到指甲皮肤无一遗漏，甚至拿银针在魏长君指尖刺了个小孔，放了些紫黑色的血细查。

宇文邕见太医令查毕依然在思索，不禁有些不耐烦，催促道："你倒是查完没有？"

太医令神色凝重，道："回陛下，臣以为目前最要紧之事不是查凶手，而是如何设法解救小皇子！"

"什么意思？"

"小皇子和魏氏所中之毒世所罕见，是一种蛊虫，名为子母蛊。至于这位小姑娘拿的所谓毒物，其实并非为魏氏下毒，而是用这毒喂养魏氏体内的母蛊。至于所谓的毒，应该是很早之前就有人分别下在魏氏和小皇子体内了，魏氏中的是母蛊，小皇子中的是子蛊……"

"等等……你说的寡人不太明白，既然已经下了子母蛊，为什么还要用毒物喂养他们体内的蛊？"

"是这样，严格来讲，蛊是一种虫，而非毒药，但这种虫嗜毒，以毒药为食，再从体内排出更为剧烈的毒来散发于宿主体内。有人将活虫分别植于魏氏和小皇子体内，然后再继续以毒物喂养子母蛊，以维持它的存活。当母蛊宿主死后，子蛊宿主也会很快死亡，据臣判断，小皇子他……他……"

宇文邕厉声道："说！再吞吞吐吐，割了你的舌头！"

"是是，小皇子活不过半个时辰！"

此言一出，蓦然听到苏贵嫔痛哭失声，涕泗满面，花容月貌都失了颜色，惨淡无光。

宇文邕惊怒交集，厉声斥道："到底是谁下的毒？此刻再不交出解药，寡人定要灭他全族！"

殿内寂寂无声，每个人都生怕此刻发声会误沾嫌疑，引火烧身。

高芷微微扫了一下大殿，心里无声地笑了一下，微移了下脚步，不知不觉间靠近了妩姜。

但宇文邕还是留意到了她的举动，目光转向她。这个小宫女刚刚提议要先顾及小殿下的安危，难道这会儿又有话说?

在宇文邕的目光示意下，高芷垂首轻声道：“陛下，奴婢曾听闻养蛊之人身上有股气息，能吸引蛊虫，但是不知……”

话音未落，蓦然间见魏长君微张的口中飞出了一只比指甲盖稍大的虫来，以迅捷无比的速度飞落到妩姜袖上静止不动了。之前魏长君俯伏在地，后来太医令检视伤口才翻过来仰面朝天，谁也没想到会陡然发生如此变故。

惊呼声此起彼伏，一阵短暂的混乱过后，所有的目光齐刷刷聚集于妩姜身上那只小虫。

看上去像只小甲壳虫，身体却是长圆形，暗金外壳，朱红色竖纹鲜艳如血，若非刚从魏长君的口中飞出，谁也不会相信这样艳丽的小甲壳虫居然是种剧毒蛊虫。

“看，那就是蛊虫！”不知谁低呼了一声。

跟着又有低低的声音在议论：“不是说养蛊之人身上的气息才吸引蛊虫吗？那她……”此人不知是有意还是无意，声音压得虽然低，却说得清清楚楚，而且目光直往妩姜身上瞟，似乎认定了这小宫女有问题。

其实不用他提醒，宇文邕的脸色已经铁青了，连之前几乎哭晕过去的苏贵嫔也清醒过来，目光直勾勾地看着妩姜，愣愣地带着怀疑。她其实一直挺喜欢妩姜的，但蛊虫仿佛是铁证一般落在妩姜袖上一动不动，令她的信心动摇起来。

除了魏长君外，小皇子接触最多的是妩姜，他最喜欢的也是妩姜，她要下毒，比旁人多很多便利，难道真的是她?

“是你！”宇文邕咬牙切齿，“交出解药来，寡人赐你全尸！”

“没有，不是奴婢！陛下，真的不是！”妩姜就算聪慧，此时遭逢突变，也来不及应对这样的场面，除了无力地辩解，再也没有别的办法。

宇文邕见妩姜始终不肯认罪，怒火越发炽烈，“砰”地一掌击在桌面上，碗盏直跳，酒菜汤水乱溅。

“拖下去，先上刑！”宇文邕咬牙看着她，“如果交不出解药，你就给寡人的儿子陪葬！”

气氛紧绷如弓弦拉满之际，门外闪过一道身影，哗然间侍卫纷拥上前拦截，可是只看见那道人影穿梭自如，竟然在人群中东一晃西一穿，从各种刀剑夹缝中冲了进来。

“什么人？”宇文邕临变不乱，斥喝一声。

那道身影瞬间到了大殿中间，凝身不动，抬脸直视大殿正中高居龙椅上的皇帝。

宇文邕看见他的瞬间脸色一僵，缓缓举袖制止了随后赶进来的侍卫追捕，沉声道：“你竟然敢逃出诏狱！”

妩姜震惊地看着近在咫尺的人，也说不出话来。

三

竟然是他，摩煊！

妩姜想不出他是怎么从诏狱逃出来的，更想不出他刚才在刀兵中来去如风，鬼魅般的身影是怎么回事。

他换了身干净的衣衫，大约是在宫中哪里随处拿来的，衣料软滑，却窄袖紧身便于行动，头发梳得一丝不乱，打理得干净清爽，看来逃离诏狱后，还有闲情将自己拾掇了一番才来这里。

摩煊并没有看她，只是朝宇文邕轻轻一笑。

宇文邕看着他，眉头渐渐锁起："你，是萧湛？"

摩煊微笑道："好久不见啊，宇文邕。"

大殿内登时又骚动起来，有人呵斥："大胆贼人，居然敢直呼陛下名讳！"

摩煊神色淡静，道："我是南梁人，你们北周的皇帝是你们的陛下，于我而言，他只是灭我南梁的宇文邕而已。"

"摩煊，你不愧是昭明太子的后人，果然很有胆色。"宇文邕居然没有因此而动怒，只是盯着他缓缓道，"不过，你居然敢逃出诏狱，莫非是不想活了？"

昭明太子？萧统这个名字没有多少人熟悉，可是提到昭明太子，早些年在朝中几乎无人不知，他少年成名，才学冠绝天下，哪怕是南梁灭国也未曾影响许多人对他的追寻，只是他死后，他的后人消失多年，没想到是被关在诏狱之中。

妩姜也没想到摩煊会是昭明太子的后人，今日的意外一重接一重，她完全来不及反应。

摩煊却看了她一眼，然后缓缓摊开手掌，便见妩姜袖上的蛊虫突然抖动起来，似乎挣扎了几下，很快便飞向他，跟着居然平静地落在他的掌心，轻扇了几下翅膀，便蛰伏不动了。

“这种蛊虫能分泌出一种类似蜂蜜的汁液来，有股特殊的气息，只要将带有它气息的汁液涂在人身上，它便会飞落在那个人身上。它之所以会落在妩姜身上，是因为她被人栽赃，在混乱之中往她衣袖上涂了些蛊虫体液。而它之所以飞向我，是因为我掌心涂的汁液的比妩姜袖上更多些而已。这种低劣的栽赃手法，也只能骗过愚蠢的人而已。”

这“愚蠢的人”显然也包括宇文邕。

摩煊也不理会他的脸色有多难看，将蛊虫放到地上，从袖中抽出一支竹笛，横到唇边吹奏起来，只见蛊虫再次振翅飞起，在空中盘旋了几下，陡然“嗡”一声俯冲下去，大张旗鼓地朝陈兆额上“咚”地撞了一下，并且就此稳稳落在他头顶发间不走了。

蛊虫虽小，但飞行急速，这一撞也令陈兆隐隐生疼，他又惊又怒，正纳闷间，发现所有人的目光齐集自己头顶，自然猜到了蛊虫已落到自己头顶。他的脸色“唰”地变得苍白，却不敢伸手去拂，他深知蛊虫的毒性，却没想到有人比他更熟识这蛊虫习性，竟然能越过他指挥蛊虫。

“你，才是那个养蛊之人和下毒之人。”摩煊指着陈兆微微冷笑，仿佛为了应和他的话，蛊虫安然在陈兆发间爬来爬去，就是不肯离去。

“你凭什么这样说？”

摩煊道：“就凭我刚才以笛声指使它攻击你，而它只轻撞了你一下便察觉了你是它的主人，继而不肯继续攻击，落在你头上。”

陈兆答不上话来。

摩煊又吹响同样的笛声，蛊虫飞向魏长君，在尸体上转来转去，停留片刻，突然头往下钻，居然很快钻进她的皮肤，而且很快隐没不见，皮肤上居然还原如初，不留痕迹。

“你就是这样对魏氏下毒的，蛊虫攻击时会令人的肌肤麻木失去痛觉，继而寄生下来释放毒性，可是它对你却不肯这样攻击，因为它是认主的。”

陈兆不声不响，只是咬紧牙关。

宇文邕喝道：“陈兆，你还不招供，莫非要等寡人用刑？”

陈兆却忽然诡异地一笑，目光朝皇后扫去，猝然纵身而出，撞向殿内梁柱，跟着额头血流如注，身体缓缓下滑。

太医令大惊后第一个反应过来，冲上前去探他的鼻息和心脉，跟着脸色沉重地道："他死了，可是他临死之前也已中了毒，大约正因如此，他知道自己逃不过一死，才会自杀。"

陈兆已死，到底谁是幕后主谋已无法得知，但从他畏罪自杀这一举动来看，摩煊和妩姜说的都是真的，陈兆才是真正下毒的人。他死前那一眼，是看向皇后的……宇文邕不由自主地用眼尾余光扫向皇后。

同样盯着皇后看的不止他一人，陈兆那一眼引起了所有人的注意。

苏贵嫔在后宫风头可称一时无两，哪怕柳昭仪也很获欢心，但论背景却无法跟她相比，随着她在后宫地位日渐稳固，接下去要威胁到的恐怕就是皇后之位了。这么想来，皇后对她下手……实在是大有可能。

皇后显然也留意到了众人对自己的注视，但陈兆已死，她含冤莫白，宇文邕虽然用疑心的目光看她，却显然顾及她的身份并不打算揭破这层疑念，她若出言相驳，反倒是此地无银三百两，只能咽下满腹冤屈，咬牙忍着。

宇文邕只淡淡扫了皇后一眼，便将注意力转回摩煊身上，下蛊之人已死，幕后追凶的事只能稍后再说，目前最重要的是追查解蛊之术，毕竟小皇子危在旦夕。

"你有办法解除蛊毒吗？"

摩煊看了看妩姜，见她脸上也有祈求之色，便默然举起竹笛，吹奏起来。

曲折诡异的笛声再度响起，小皇子突然面现痛苦之色，张开小嘴，只见一只小小的暗金色虫飞出，模样倒是与之前那只母蛊相似，只是要小得多。

子蛊在空中盘旋，笛声越发急促，它跟着颤抖起来，仿佛是在与笛声相抗一般，忽然振翅又疾往空中冲了一段，猛然坠落于地，挣扎几下，翻身朝天，再也不动了。

小皇子哇哇大哭起来，反倒不复平日那有几分呆滞的乖巧模样。苏贵嫔又惊又喜，冲上前抱着他痛哭。

妧姜见小皇子得救，又惊又喜，再看了看摩煊，心想他立下大功，或许周帝该释他出诏狱了？

没等她将好事想完，便听见宇文邕的声音恢复了从前的端严："摩煊！你私自越狱，该当何罪？"

妧姜大惊，没想到宇文邕恩将仇报，居然要向摩煊问罪。

摩煊自己倒是神色如常，笑了笑道："问罪？可我现在只想看看月色。"众人忽然眼前一花，竟然无人察觉他是怎样到了苏贵嫔跟前的，跟着便见到小皇子已到了他左手臂弯。他旋身一转，又回到妧姜身边，横笛在她颈边，轻声道："跟我走。"

"你要干什么？"

"我要干什么？当然是要自由。"摩煊笑了笑。

"你明知不可能。"宇文邕咬牙。

"现在，可由不得你。"他低下头看看小皇子，"只要我臂上用力，这孩子可就……你信不信？"

宇文邕脸色铁青，挥了挥手，屏退随时打算进攻的侍卫群，道："让开道，让他走。"

摩煊看都不看他，一手挟着小皇子，一手拿笛子制住妧姜，一步步往外走去。至殿外，他忽收了竹笛，横臂揽住妧姜的腰，纵身跃上太极殿的重檐庑顶，在屋脊上旁若无人地坐下来。

一众侍卫纷纷跟着持长枪列队，仰面望着这个传闻中的诏狱囚犯。但不得宇文邕命令，谁也不敢跃上殿顶拿人，都怕伤着小皇子。

小皇子身体腾空，"哇"地惊叫，但跟着似乎觉得这样的经历惊险有趣，反倒朝妧姜"咯咯"笑起来。

"抱着他。"摩煊将小皇子塞给妧姜，笛尖继续点着她的脖子。

但妩姜并不相信他会伤害自己，接过小皇子，睁大眼看他。她不知道他要做什么，纯真的眼中满是疑惑之色。

摩煊却笑了一下："不用担心，我能从诏狱出来，这宫中自也没有人能留得住我。"

"你是怎么出来的？"

他却不答，仰望着星空，道："你瞧，今晚月色真好。"

妩姜也抬眼看看天，月光皎洁，银纱披地，点头应是。

"你可知道，我已经多少年没见过月光了。"

四

妩姜想起诏狱里暗无天日的时光，“嗯”了一声，有些难过地看着他。如今他虽然得脱牢狱，可是看着殿下森严列阵的侍卫，对于他说的话一点儿也乐观不起来，心想他只是安慰自己，这自由的时光对他而言，恐怕也只有这短短的一刻而已。

忽然听见急促而整齐的脚步由远及近，妩姜心头一紧，便想起身张望，却被他按住肩，轻声道：“不用害怕，我不会让人伤害你。”然后朝她微笑。

不知道为什么，妩姜看见他的微笑，心里便安定下来，朝下望去，看见殿外陆续有披甲携弓的羽林卫进来，张弓搭箭，方向都朝着他们。当然，有小皇子在手，他们肯定不敢轻举妄动。

“妩姜，还记得我教你的东西吗？”

妩姜茫然地点点头，她已经背得烂熟，怎么可能忘记？挨了他好多记枣核、鸡骨头，到现在想起来脑袋好像还有点儿疼。

他笑了一下：“以后我再也不能教你什么了，一切都要靠你自己了。”

妩姜正在想他这话是什么意思，却看见他的手伸了过来，落在自己发顶，轻轻摩挲了一下，然后滑下去，流露出少有的温柔。

她莫名其妙之际，觉得长发散落下来披在了肩头。

摩煊的手从她眼前一划而过，妩姜隐约间看见他的指缝中有银光一闪。

妩姜最后就看见他的一抹笑容和从他身上绽开的血花，溅了她一身。

从妩姜的角度清楚地看见一支明晃晃的银簪直插他的心口，跟着他抓住她一只手按在银簪上，她惊呼出声，然而却挣不开他的手，感觉他手上用力，簪子又往他体内刺入几分。

“不不……不……”妩姜骇然叫着摇头，拼命想要挣脱。

下面的人却看不清发生了什么事情，从大多数人的角度，只看见妩姜的身体挡住了摩煊一半的身躯，然后听到她的惊叫声。

妩姜终于觉得手上一松，跟着摩煊举掌在她肩上轻轻一推，将她推得侧身倒在屋脊上，但分寸掌握得恰到好处，似乎只是缓缓倒下，完全没有滚落下去的危险。

小皇子安稳地伏在妧姜怀中，他依然不清楚发生了什么，甚至不知道刚才在他面前有一个人将银簪刺入自己的心口。

妧姜一边护着小皇子，维持着身体平衡，一边眼睁睁地看着摩煊的身体仰面倒下，然后骨碌碌从屋脊斜坡滚落下去。伴随着他身体重重落地之声的，是妧姜又一声尖锐的呼叫。

“摩煊……摩煊……”她的眼泪落下来，却只能在心里叫这个名字。

“妧姜保护小皇子有功，刺死了逃狱重犯摩煊！”

隐约间，妧姜听见有人这样说，可是她只是无力地闭上眼。这不是事实，萧湛是为了保护她才死的，他为了救她才越狱，又为了救她才自戕……

跟着有人搭梯上屋檐，扶了妧姜和小皇子轮流下去，还有人按着她叩头谢恩，说些什么她似乎完全没有听见，只听到宇文邕叹息一声：“死了，真死了！可惜，就这么让《四夷书》给他陪了葬……不过也好，从此以后没有人再能得到了。”

《四夷书》……不会跟着他陪葬的。熙攘的人群中，宇文赟在阴影中注视着妧姜，这世上，还有一个人知道《四夷书》。他清楚地记得，那晚在诏狱，摩煊要求他保妧姜不死，因为她是这世上第二个知道《四夷书》的人。

混乱之中，妧姜被人带回掖庭，不知道为什么，苏贵嫔没有再召她回云阳宫。

妧姜也不想再去过问什么，听闻她解救小皇子有功，暂时不用在掖庭任何局做事，另辟了间小屋让她独居待命，她便将自己整日关在小屋里，不吃不喝，也不见人。

每天都有人按时送饭，却只是端着纹丝不动的餐盘摇头离去。

在妧姜心里，摩煊是被她害死的，若不是她，他无论如何不会出事。到最后他尸身滚落屋檐，她连替他收尸都做不到。

想到每日去诏狱送饭，他教自己识字、吹笛、学文章的过往，妧姜就悲从中来，难以自抑。

敲门声轻柔有礼，听来不是往日送饭的人。但妩姜依然不去理会，只蓬头垢面地坐在床脚处，抱着双膝，茫然望着窗外。

门被“吱呀”推开，灵枢的声音惊讶地响起：“听她们说你已经几日不吃不喝、不休不眠，说是被吓坏了，别不是吓傻了吧？”

妩姜迟滞地抬起脸看她，看清了她的面容，才蓦然哭出声来：“灵枢……是我害死了他，是我害死了他……”

“怎么了？这是怎么了？”

妩姜这才断断续续地将萧湛在她面前，用她的发簪自刺身亡的事告诉了灵枢。这么久以来，她不能跟任何人说，只能自己在绝望和自责中度过，只有在灵枢面前她才能吐露悲伤。

灵枢没想到事实竟然是这样，她和所有人一样，以为妩姜为救小皇子刺杀了越狱的囚犯，然而因为平生第一次杀人被吓坏了，才会如此失态。

“别哭了，他已经死了，又能怎么办呢？他舍命救你，不就是希望你好好活下去吗？你这样绝食虐待自己，怎么对得起他？难道你死了他就能活过来？”灵枢抱着她安慰。

妩姜好不容易才哭声渐低，听灵枢道：“近来陛下命人修葺东宫，看来立储之事已有眉目，储君人选已定，大家都传闻是大殿下。今日有人到掖庭传信，说要调你去东宫，我听闻你在这里绝食不见人，才抽空过来跟你说这消息。”

“调我……去东宫？”

“听说，是大殿下的意思。”

“大殿下？”妩姜莫名其妙，如果是二殿下还正常，可是大殿下……她完全不认识他。难道因为他觉得自己救过小皇子，便调了自己过去？但她只想了一下而已，并不关心自己去了哪里。

“灵枢，帮我一个忙。”妩姜握着灵枢的手，用祈求的目光看她。

“怎么了？”

“我想知道摩煊被葬在哪里，我想去祭拜他。”

“这……”

“只有你能帮我了，去东宫之前，我一定要去祭拜他。”

灵枢点了点头：“好吧，我打听一下，你等我消息。”

翌日，灵枢傍晚过来，身后还跟着柳述。

“你怎么来了？”

柳述哼了一声：“你以为他会葬在宫内吗？就凭灵枢，能带着你来去自如？”

灵枢有些歉意地看着妩姜：“我的确打听到了他葬在哪里，可是我也出不了宫，只能偷偷去找柳述帮忙，天黑之后他带你出宫。”

妩姜“嗯”了一声，她近来心神恍惚，思虑欠周，没有想到这一点。

夜色渐深，柳述带着妩姜悄悄潜出皇宫，来到京城郊区一片坟场。

说是坟场，不如说是乱葬岗更合适些，都是些乱七八糟的平民坟墓，或无人认领的弃尸，草草葬在这里。

柳述远远望着，静默无语。

妩姜扑上前，抚摸着墓碑，良久不语。然后颤抖着手，从怀中摸出一支竹笛，放在唇边轻轻吹奏起来。

这支竹笛和摩煊那支是砍了同一棵湘妃竹做成的，他的那支在他死的那天，不知遗落到哪里去了。

妩姜跟他学的时日短，并不太精擅，但一支曲子还是能吹得流畅的。吹毕，她无声地伏地良久，将脸埋在手心里。

最终她还是抬起脸来，双手扒着墓前的泥土，亲手将竹笛埋进去。

柳述远望她做着这些，并没有上前帮忙，也没有制止，只是轻声叹气。

过了许久，妩姜才跟着柳述，失魂落魄地踏上归程。

蓦然，妩姜止住脚步，疑惑地四处张望。

柳述奇怪地看着她：“你找什么？”

“你听见了吗？笛声！有人在吹笛！”

柳述静下来侧耳倾听，然后摇了摇头："你生出幻觉了吧？荒郊野外，哪有笛声？"

"可是我真的听见了……"好熟悉的笛声，虽然很遥远、很微弱，但是那么亲切，仿佛就在耳边。

妩姜回眸望去，四野荒渺，孤清的坟头墓碑之间，唯有荒草被风吹拂的沙沙声，野地里夹杂着零星的磷火，没有任何人影。

妩姜的双眸不知不觉间模糊起来——耳边依稀有缥缈的笛声随风凝噎，那是萧湛的笛声，仿若游丝，终至不闻。

——本季完——

意林品牌书系推荐

意林女生文学·《小小姐》品牌书系　为中国女生量身打造，纯正、阳光、向上，优质女孩喜爱的文学品牌

萌灵小说系列

《悠莉宠物店Ⅰ》 18.80
《悠莉宠物店Ⅱ》 18.80
《悠莉宠物店Ⅲ》 19.90
《悠莉宠物店Ⅳ》 19.90
《悠莉宠物店Ⅴ》 19.90
《悠莉宠物店Ⅵ（大结局）上》 19.90
《悠莉宠物店Ⅵ（大结局）下》 19.90
《封印之书·九尾狐》 19.80
《封印之书·独角兽》 19.80
《玛丽晴异闻录》 19.90
《薇妮天使旅行》 19.90
《苍岛有风①·人鱼过境》 19.90
《萌物委托社①世外萌龙天然呆》 22.80

冒险励志系列

《迷藏·海之迷雾》 18.80
《迷藏Ⅱ·月影迷踪》 19.90
《迷藏Ⅲ·幻梦迷城》 19.90
《花与梦旅人Ⅰ》 19.80
《花与梦旅人Ⅱ》 19.90
《花与梦旅人Ⅲ》 19.90
《花与梦旅人Ⅵ（大结局）》 19.90
《花与守梦人①·大公的苏醒》 19.90
《花与守梦人②·占星师的眼泪》 19.90
《花与守梦人③·王陵的秘密》 19.90
《萌侦探纪事Ⅰ》 18.80
《萌侦探纪事Ⅱ》 19.80
《萌侦探纪事Ⅲ》 19.90
《萌侦探纪事Ⅳ（大结局）》 19.90
《迷宫街物语》 19.80
《艾蜜儿宇航日记》 19.90

幸福蔷薇系列

《蔷薇少女馆Ⅰ》 18.80
《蔷薇少女馆Ⅱ》 18.80
《蔷薇少女馆Ⅲ》 19.80
《蔷薇少女馆Ⅳ》 19.90
《蔷薇少女馆Ⅴ》 19.90
《蔷薇少女馆Ⅵ》 19.90

浪漫古风系列

《七寻记Ⅰ》 18.80
《七寻记Ⅱ》 19.90
《七寻记Ⅲ》 19.90
《七寻记Ⅳ》 19.90

果绿年华系列

《蝴蝶飞过旧时光》 19.80
《第一女执政官》 19.90
《风之少女琪琪格》 19.90
《霓裳小千金》 19.90
《两生花开时》 22.00
《风云俏萝莉》 19.90

月舞流光系列

《前方江湖请绕行》 19.90
《三色堇骑士之歌》 19.90
《守望彼岸星海》 19.90

萌淑女驾到系列

《萌淑女驾到之美女训练营》 19.80
《萌淑女驾到之天使候补生》 19.80
《萌淑女驾到之人鱼的信奉》 19.90
《萌淑女驾到之天鹅公主成人礼》 19.90

星愿大陆系列

《星愿大陆①·天命巫女》 19.90
《星愿大陆②·白银蔷薇》 19.90
《星愿大陆③·幻月手杖》 19.90
《星愿大陆④·永恒星钻》 19.90
《星愿大陆⑤·夜之王子》 19.90
《星愿大陆⑥·晨光微曦》 19.90
《星愿大陆⑦·琉光暗影》 19.90
《星愿大陆⑧·绯月印痕》 20.90

星月花冠系列

《星月花冠①·暗夜使臣》 19.90
《星月花冠②·蔷薇之祭》 19.90
《星月花冠③·花都幽灵》 20.90

浪漫星语系列

《处女座：完美年华初相见》 20.90
《天蝎座：假面黑桃Q》 20.90
《双子座：闯进你的孤单星球》 20.90
《巨蟹座：追梦的水晶鞋》 20.90
《天秤座：优雅走过下雨天》 20.90
《白羊座：裙摆是花开的地方》 20.90
《摩羯座：寄给青春一座城》 20.90
《双鱼座：浪漫满分灰姑娘》 20.90
《金牛座：微笑天使倔强心》 20.90
《狮子座：再会，骄傲小时光》 20.90
《水瓶座：星光偶像少年蓝》 20.90
《天秤座②：梦想过境下雨天》 20.90
《射手座：会有星光越重洋》 20.90

小MM迷你爱藏本

《蝴蝶停在十六岁》 18.80
《焦糖玛奇朵天使咒》 18.80
《那一年，花开半夏》 18.80
《雨季微凉时》 18.80
《只穿一天公主裙》 18.80
《月色银蔷薇》 18.80
《傲娇公主的美丽回旋》 18.80

《花田明月照年少》 18.80
《亲爱的小气鬼》 18.80
《青春如诗，静谧花开》 18.80
《不负远方有梦想》 19.90
《少年锦时飞蝴蝶》 19.90

重磅作家系列

《薄荷香女孩》 19.80
《不说再见好吗（上）》 17.90
《不说再见好吗（下）》 17.90
《风走过树林》 17.90
《忆棠的夏天》 17.90

唯美新漫画系列

《钢琴小淑女（第一季）》 17.90
《钢琴小淑女（第二季）》 17.90
《钢琴小淑女（第三季）》 17.90
《钢琴小淑女（第四季）》 17.90
《钢琴小淑女（第五季）》 17.90
《最佳女主角（第一季）》 18.80
《最佳女主角（第二季）》 19.90
《天鹅座・鹅黄》 18.80
《天鹅座・柳青》 18.80
《天鹅座・冰蓝》 18.80
《天鹅座・禧红》 18.80
《天鹅座・蜜粉》 18.80
《天鹅座・浅紫》 18.80
《天鹅座・甜橙》 18.80

日光倾城系列

《巧克力色微凉青春Ⅰ》 20.90
《巧克力色微凉青春Ⅱ》 20.90
《巧克力色微凉青春Ⅲ》 20.90
《浅蓝色时光舞步Ⅰ》 20.90
《女生宿舍Ⅰ・南栀向暖》 20.90

纯美小说系列

《少女果味杂志书①：甜心草莓号》 14.80
《少女果味杂志书②：蜜桃慕斯号》 14.80
《少女果味杂志书③：焦糖布丁号》 16.80
《少女果味杂志书④：香草海绵号》 16.80
《少女果味杂志书⑤：可可森林号》 18.80
《少女果味杂志书⑥：果果米苏号》 18.80
《少女果味杂志书⑦：香橙泡芙号》 18.80
《少女果味杂志书⑧：樱桃芝士号》 18.80
《少女果味杂志书⑨：蓝莓布朗号》 18.80
《少女果味杂志书⑩：薄荷方糖号》 18.80
《少女果味杂志书⑪：樱花紫苏号》 18.80
《少女果味杂志书⑫：柠檬红茶号》 18.80

蝴蝶蓝系列

《蝴蝶蓝（第一季）・千面桃花姬》 19.90
《蝴蝶蓝（第二季）・紫莲山庄》 19.90
《蝴蝶蓝（第三季）・落跑小郡主》 19.90
《蝴蝶蓝（第四季）・乌龙寻宠记》 19.90

班花朵朵系列

《班花朵朵①・我是艺术生》 20.90
《班花朵朵②・电影初体验》 20.90
《班花朵朵③・偶像保卫战》 20.90
《班花朵朵④・追梦交换生》 20.90

现在是女生时代系列

《现在是女生时代！》 28.80
《现在是女生时代！②・我们闺蜜吧》 28.80
《现在是女生时代！③・女生都是小怪物》 28.80
《现在是女生时代！④・嗨，女孩，你好漂亮》 28.80
《女生都是小怪物②・半糖女孩琉璃心》 25.80

小 MM 六周年主题书

《淑女王冠》 29.80

欢乐联萌系列

《养只萌呆镇镇宅①》 19.90
《养只萌呆镇镇宅②》 19.90
《养只萌呆镇镇宅③》 19.90
《养只萌呆镇镇宅④》 19.90
《养只萌呆镇镇宅⑤》 19.90
《养只萌呆镇镇宅⑥》 21.90
《萌师上线，顽徒请签收①》 19.90
《萌师上线，顽徒请签收②》 20.90
《千金当道（一）》 20.90
《千金当道（二）》 20.90

天使在身边系列

《路过心上的哈士奇》 20.90
《当心！浣熊出没》 20.90
《萌动之森①・雪地精灵伶鼬》 20.90

公主天下系列

《清河公主・洙宛传》 22.80
《金城公主・簪花引》 22.80
《清河公主・洙宛传（贰）》 22.80
《平阳公主・解琳琅（壹）》 22.80
《兰陵公主・玉京谣（壹）》 22.80
《海盐公主・鸾凤引（壹）》 22.80

小 MM 花漾青春版

《少女说①・花醒了》 22.80
《少女说②・青春里的不速之客》 22.80

极致小清新系列

《女孩子的清甜小说绘①・淡白栀子号》 20.90
《女孩子的清甜小说绘②・浅草茉莉号》 20.90
《女孩子的清甜小说绘③・鸢尾蝴蝶号》 20.90
《女孩子的清甜小说绘④・冰蓝花楹号》 20.90
《女孩子的清甜小说绘⑤・雨夜蔷薇号》 20.90
《女孩子的清甜小说绘⑥・风铃花语号》 20.90

"意林·轻文库"品牌书系 倡导校园小说阅读新潮流

绘梦古风系列

书名	定价
《公主驾到》	23.80
《凤九卿（一）》	23.80
《凤九卿（二）》	23.80
《凤九卿（三）》	23.80
《凤九卿（四）》	23.80
《凤九卿（五）》	24.80
《凤九卿（六）》	24.80
《美人千千泪西楼》	23.80
《郡主驾到·壹》	24.00
《郡主驾到·贰》	24.00
《木兰帝（上）》	23.80
《木兰帝（下）》	23.80
《俏娇小仙闹皇宫》	23.80
《连城赋（上）》	23.80
《连城赋（下）》	23.80
《千凰令（一）凤鸣倾城》	20.80
《千凰令（二）情牵一线》	20.80
《千凰令（三）君心不负》	20.80
《千凰令（四）万兽听封》	20.80
《散财皇妃》	24.80

恋之水晶系列

书名	定价
《世界第一的假面殿下》	25.00
《脱线萌星易容记》	25.00
《指尖花凉忆成殇》	22.00
《欢歌犹在意微醺》	22.00
《欢歌犹在意微醺Ⅱ》	22.00
《绯色樱花圆梦纪Ⅰ》	23.80
《见习保镖呆呆兽》	25.00
《可可少女梦想纪》	25.00
《后天男神①》	25.00
《后天男神②》	25.00
《后天男神③》	25.00
《世界第一的公主殿下①》	23.80
《世界第一的公主殿下②》	23.80
《世界第一的公主殿下③》	26.80
《挥手告别小时光》	23.80
《少年住在云之彼岸》	23.80
《我的青春，以你为名①偶像来了》	23.80
《格拉斯香薰少女①·精灵鸢尾》	25.00
《微甜少女触心记①·云间少年》	25.80

暗影迷踪系列

书名	定价
《终极推理事件簿》	22.80
《超级学园探案密码》	22.00

奇幻仙境系列

书名	定价
《玫瑰帝国·荆棘鸟之冠》	25.80
《玫瑰帝国·黑羽蝶之翼》	25.00
《玫瑰帝国·白蔷薇之祭》	26.80

灵气少女系列

书名	定价
《星有灵犀遇见你》	20.80
《萌熊改造计划》	20.80
《守护极速甜心》	20.80
《元气星女倾城记》	20.80
《公主病》	20.80
《少女遇见一千盏路灯》	20.80

轻舞飞扬系列

书名	定价
《毛毛熊的浪漫樱花雨》	19.80
《发梢轻绾茉莉香》	19.80
《迷迭香在青春里绽放》	19.80

私人定制少女馆

书名	定价
《恋恋星煌十二宫》	25.00
《守护十二生辰石》	25.00

暖爱青春馆系列

书名	定价
《少年北顾，唯愿君安（上）》	25.00
《少年北顾，唯愿君安（下）》	25.00
《若你离去，后会无期》	22.80
《想你的时候，抬头微笑》	22.80

萌萌部落系列

书名	定价
《听说萌仙未满级①》	23.80
《我的江湖，不可能这么萌①》	23.80

《意林·小文学》品牌书系 阳光阅读·快乐写作

周年主题书

书名	定价
《青春，与时光的十个约定》	26.80
《青春，是与七个自己相遇》	26.80

独家策划系列

书名	定价
《长大，是不期而遇的温暖》	26.80
《谢谢你，出现在我的青春里》	26.80

魅力悦读系列

书名	定价
《武林萌史之侠女无双》	20.90
《画江山之混世公主》	20.90
《逃之"妖妖"》	20.90

爆笑学园系列

书名	定价
《鬼马女神捕①：绝密卧底（上）》	14.80
《鬼马女神捕①：绝密卧底（下）》	14.80
《鬼马女神捕②：绝命预言（上）》	14.80
《鬼马女神捕②：绝命预言（下）》	14.80
《天神学园·魔女见习生》	19.90

动物奇缘系列

书名	定价
《萌兽报到，请多关照》	19.90